異世界賢者の
転生無双
～ゲームの知識で異世界最強～
8
著 進行諸島
Ill. 柴乃櫂人

「スチーム・エクスプロージョン」

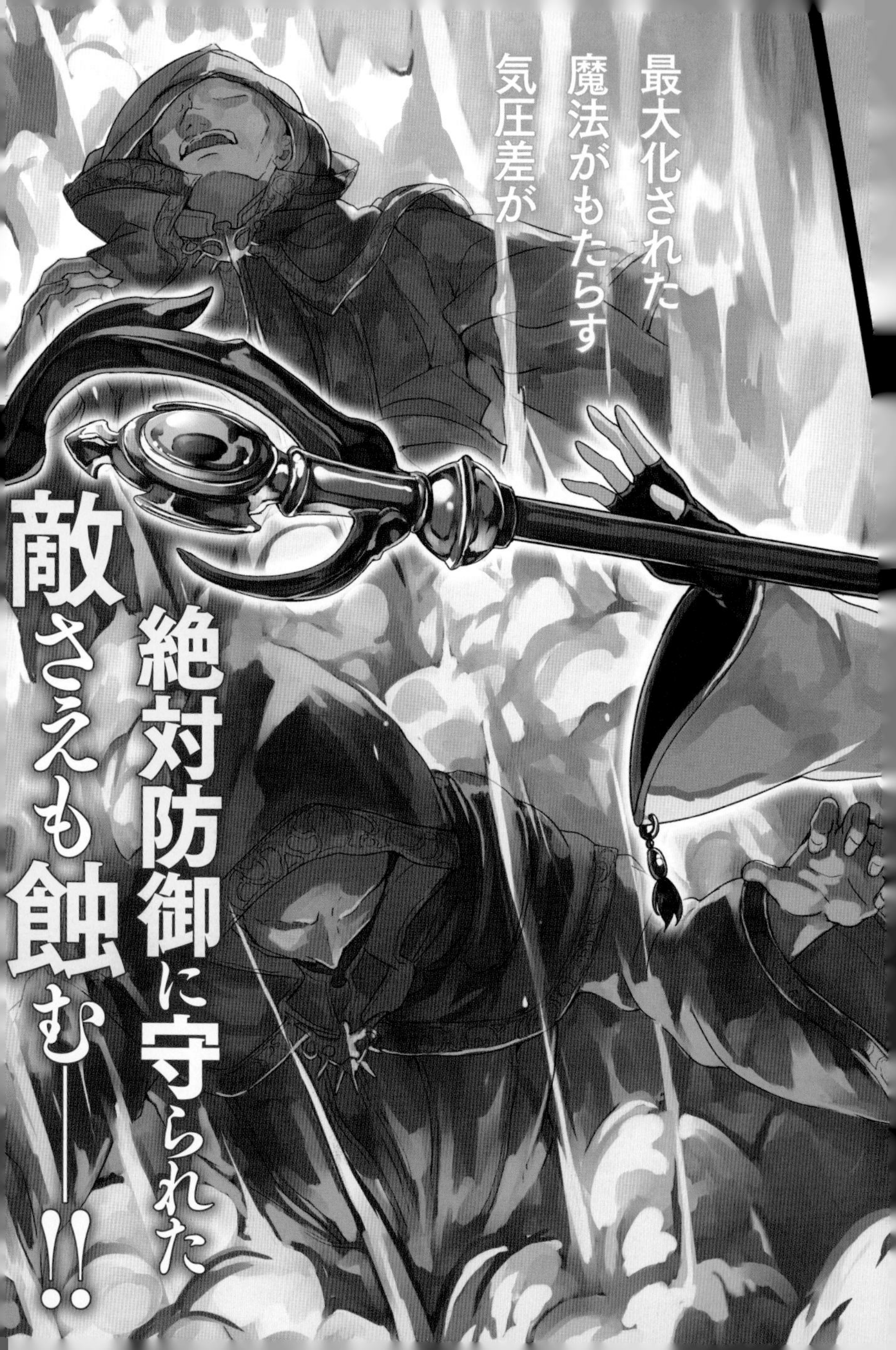
最大化された
魔法がもたらす
気圧差が
絶対防御に守られた
敵さえも蝕む――!!

帝国のギルドにて――
「私は下級戦士という扱いになるのね」
英雄
『炎槍』
ミーリア

「下級職の方ですね」
「俺は下級魔法使いだな」
最強賢者
エルド

エルド暗殺のために
送り込まれたドラゴン――

「こいつに確立された攻略法はない
——だが、それは
倒せないという意味ではない」

CONTENTS

The Invincible Sage in the second world.

The Invincible Sage in the second world.

異世界賢者の転生無双

[～ゲームの知識で異世界最強～]

著 進行諸島
Ill. 柴乃櫂人

8

第一章

The Invincible Sage in the second world.

01

「さて……そこそこ隠れるのも、そろそろ限界か」

覚醒《かくせい》スキルを無事に獲得し、『エーテル・カノン』使いのいる山頂へと歩き始めてからしばらくたった頃。

周囲の景色を見て、俺《おれ》はそう呟《つぶや》いた。

山頂にいる敵は3人。

そのうち、覚醒スキルが判明しているのは1人……『エーテル・カノン』という、高威力の超長距離光速狙撃《そげき》魔法を使う魔法使いだけだ。

残りの2人に関しては、覚醒スキルを持っているかどうかすら判明していないというのが、今の状況だ。

今まで俺が歩いてきた道は、背の高い木々が生《お》い茂っていた。

そのため俺は狙撃を受けることなく、普通に移動ができていた。

だが……これからは違う。

山頂に近づくにつれて段々と木々もまばらに、樹高も低くなっていた森は、ついに途切れていた。

あと数十メートルも歩けば姿を隠す場所はなくなり、俺は敵に姿を晒《さら》すことになるだろう。

賢者の攻撃の有効射程は、基本的に100メートルを切る。

もし敵に見つかれば、一方的な狙撃を受けながら、2キロ近い距離を動かなければいけないわけだ。

敵は3人もいるのだから、流石《さすが》に普通に歩いていて見落としてくれるとは考えにくい。

となると、基本的には魔力隠形《おんぎょう》を使うことになるが……これでは距離が遠すぎる。

速く動けば魔力隠形の効果は極《きわ》めて低くなるし、かといってあまりに遅すぎれば、いつまで経《た》ってもたどり着かない。

丸一日程度で済むのなら僅《わず》かずつ距離を詰めるのも選択肢に入るが、2日や3日となると流石に無理がある。

少し考えて俺は『魔力隠形』を発動し、山頂に向かって歩き始めた。

敵が遠いうちは、多少の隠密《おんみつ》性能の減退を許容してでも早く距離を詰めるべきだ。

距離が近くなるほど、同じ精度の魔力隠形でも見つかりやすくなるのだから、こんな場所であまり時間を使うわけにはいかない。

流石に走りはしないが、普段よりやや遅めに歩く程度だ。

逆に言えば、この距離で歩いて見つかるようであれば、今回は『魔力隠形』に頼れない状況だということになる。


このまま敵に近付くにつれて速度を落としながら、『スチーム・エクスプロージョン』の射程までたどり着ければ、この戦いは非常に簡単だ。

なにしろ隠れた状態からいきなり『スチーム・エクスプロージョン』を打ち込むだけで終わる。

この火山で取得した覚醒スキルすら必要ない、単純かつ強力な作戦だ。今まで何度も似たようなやり方を使ってきたが、それはこの戦略が強力だからに他ならない。

だが……今回はそううまくは行かない気がするな。

敵は山頂……覚醒システムについて詳しくない者が唯一使える覚醒の場所を抑えた上で、覚醒が終わった後もそこに留《とど》まり続けている。

明らかに、敵が自分たちと同じく覚醒システムを知っている可能性を想定し、対策をとってきている印象だ。


これだけの準備をしてきている相手に、隠形からの魔法一発でカタをつけられると思うのは、流石に侮《あなど》りすぎな気もする。

魔力隠形が通用しないならしないで、他にも手はあるのだが。

だからこそ、わざわざここに来る前に覚醒スキル『エーテル・ハック』を取得してきたのだし。


などと考えながら山頂へと歩き始めて、数十秒後。

敵の動きが、急に慌ただしくなり……敵の顔がこちらを向いた。

距離が遠すぎて視線がどこを向いているかまでは分からないが、顔がこちらを向いたまま動かないところを見ると、バレているとみてよさそうだ。

（……やはりか）

敵は恐らく、魔力隠形に気付いている。

いや、俺が使っているのを『魔力隠形』という魔法だと理解はしていないかもしれないが、俺が何らかの隠蔽《いんぺい》魔法を使うことを理解している。

恐らくゲオルギス枢機卿《すうききょう》との戦いなどの情報が、敵に流れているのだろう。

ゲオルギス枢機卿のバックに帝国が繋《つな》がっていたとすれば、ゲオルギス枢機卿がどのように負けたかについての情報は、ある程度伝わっていて当然だ。

そこから俺が隠密系の魔法を使うという結論にたどり着くのは、ある意味自然な流れでもある。

こちらの手の内さえ分かっていれば、『魔力隠形』を破るのはそう難しくない。

なにしろ敵はひたすら、ここの山頂だけを守っていればいいのだ。

俺たちが来るまで準備の時間などいくらでもあったはずだし、魔法的な方法でも物理的な方法でも、敵の接近を感知する手段は沢山ある。

魔力隠形を使ったところで人間の体重は消えないのだから、極端な話、山頂を囲むように無数の落とし穴を掘るだけでも十分なのだ。

もちろん、魔法などを使えば落とし穴よりずっと効率的で効果的な方法はいくらでもある。

流石に対人地雷のような魔法まではないはずだが、敵の存在を感知するためならそんなに高性能なものは必要ない。

むしろゲオルギス枢機卿がそのような仕掛けを行っていなかったのが、（BBO《ブロークン・バランス・オンライン》の常識で言えば）油断の表れだったとも言える。

まあ、この世界では隠密系魔法が普及していないようなので、隠密対策はやっていなかったということだろう。

そこに急に『隠密魔法を使うらしい相手』が現れたので、急いで対策を立てた……という推測が当たっているとしたら、動き出してからこれだけの時間で俺の存在に気付いたのは、中々上出来とも言える。

そんな相手を見ながら、俺は心のなかでつぶやく。

（……やりやすい相手だな）

やはり相手は、対人戦闘というものを分かっていない。
敵の居場所に気付いているなら、攻撃を仕掛けるまでは『敵を探している』様子を装うのが、対人戦闘の基本だ。

今の状況から敵が『エーテル・カノン』を俺に向かって撃ってきても、俺は全く驚かないだろうし、すぐに対処できる。
だが、敵が俺の居場所に気付いたことを表情にすら出さないまま、のんきに食事でも始めて……パンを口に放り込むついでに『エーテル・カノン』を放ってきたらどうだろうか。

少なくとも、今のように分かりきった状態で攻撃を仕掛けてくるより、ずっと対処はしにくいだろう。
もちろん俺だって『敵がすでに自分の居場所に気付いている可能性』は考慮しているが、常に100%の集中力を維持するのは難しいからな。

しかし……敵が対人戦闘というものを理解していないからといって、『エーテル・カノン』を使う相手に位置を把握されてしまったことに変わりはない。

ここから山頂までの距離は、およそ2キロ……もし俺が攻撃魔法を適当に打ち込もうと思ったら、普通に走るだけでもそれなりの時間がかかる距離を、『エーテル・カノン』に晒されながら移動しなければならないのだ。

基本的には、圧倒的に不利な状況と言っていいだろう。

正直なところ、相手が俺と同等の知識と経験を持ったＢＢＯプレイヤーだとしたら、こんな状況においては撤退以外の選択肢がない。

そもそも3対1という人数差の上、敵のうち2人に関してはどんなスキルを持っているかすら分からないのだ。

通常なら、こんな状況で戦いを挑むのは、勇敢というよりも無謀だ。

もし相手が多少でも対人戦闘を分かっていると判断したら、俺はすぐに逃げ帰るつもりだ。

もっとも……その可能性は低いわけだが。

「さて……どう来るかな」

俺はそう呟きながら、一気に前へと走り始めた。

もし『俺が敵の動きに気付いたこと』を隠せる状況ならそのままのペースで歩くのも手だが、流石に山頂を目指して移動しながら、山頂の動きに気付いていないふりをするのは無理がある。

であれば、今のうちに少しでも距離を詰めておきたい。

単純に、『エーテル・カノン』のような魔法だって、遠くで動く相手には当てにくい。

できるだけ直線で走らず、急加速や方向転換を繰り返しながら、俺は山頂への道を進む。

遠くに見える敵はそんな俺の方を見ながら……地面に膝《ひざ》をついた。

これは……狙撃の準備だな。

キロ単位の距離の狙撃では、わずかな姿勢のズレが射撃の誤差に繋がる。

そこで体勢を固定することによって、ブレを抑える……『エーテル・カノン』を使う場合の基礎的な技術だな。

通常は射撃の前に息を止めて、呼吸によるぶれも抑えるものだが……流石にこの距離では、敵が息を止めているかまでは分からない。

いつ『エーテル・カノン』が飛んでくるか分からないという前提で、戦う必要がある。

俺はそう考えつつ、一つの魔法を発動する。

「ファスト・シールド」


俺が発動したのは、空間系の防御魔法『ファスト・シールド』。

空間系というと強そうに聞こえるかもしれないが……これは最下級の、ほとんど実質的な防御力は皆無と言っていいくらいの防御魔法だ。

もちろん『エーテル・カノン』のような強力な魔法をくらえば、この盾は簡単に砕け散るだろう。

それを理解しながら俺は、『ファスト・シールド』が作り出した盾を構えながら前に出る。


わずか数秒後……敵のいる場所が、かすかに光った。

ほぼ同時に俺から10メートル離れた地面に一筋の光が突き刺さり、轟音《ごうおん》が上がる。


──『エーテル・カノン』。

その名の通りあの魔法は、魔力でできた砲弾を射出する魔法だ。

ただしその弾は、目で確認することはできない。

この距離においてあの魔法は、発動を確認した次の瞬間にはもう着弾している。

俺の目に見えるのは、その弾が残した軌跡だけだ。


「……案の定、初撃は外したか」


俺はそう言いながら、『ファスト・シールド』を解いた。

この動きを見て恐らく敵は、俺の『ファスト・シールド』が敵の攻撃から身を守るために発動したものだと考えるだろう。

そして、この魔法に敵の攻撃を防ぐ力があると勘違いする可能性も高い。


もし相手が『ファイア・ボム』のように着弾時に爆発《ばくはつ》するタイプの魔法を使うのであれば、あえて弱い魔法で起爆させて『爆破処理《ばくは》』するような手もあるのだが……今回の敵が使う『エーテル・カノン』は、爆発なども起こさない純粋な有弾魔法の類《たぐい》だ。

防御という意味で、この魔法の盾には何の意味もない。

それを理解した上で、俺はこの魔法を使っている。

今この魔法を使うことに、意味があるからだ。

実際にこの防御魔法が、敵の攻撃を防ぐのに不十分なものだったとしても、敵がそれに気付く可能性は低い。

魔法をしっかりと観察するには距離が遠すぎるし、防御魔法には似たような見た目をした魔法がいくつもあるため、見分けをつけるのは難しい。


強い魔法は弱く見せ、弱い魔法は強く見せる。

これは対人戦闘における駆け引きの基本だ。

ＢＢＯではこれに引っかかってくれる奴《やつ》はいないだろうが、この世界では恐らく有効だろう。


この世界でも、ＢＢＯの対人戦でも、その基本は変わらないはずだ。

もちろんＢＢＯにおいては、互いがスキルに関する知識などは持っている前提で、互いのスキル構成や装備強化の方向性などを読み合うことになるのだが……この世界でそういった駆け引きをしようとしたところで、相手は俺が仕掛けた罠《わな》にすら気付いてくれないだろう。

手榴弾《しゅりゅうだん》の存在を知っている者に偽の手榴弾を投げればブラフになるが、相手が手榴弾というものを知らなければただの投石にしか見えないのと同じことだ。

そもそもBBOの基準で考えると、今の俺はスキル構成も装備もひどすぎて対人戦がどうとかいうレベルにはないのだが。

とはいえ、数多くのプレイヤーと分担して問題を解決できるBBOと、この世界を比べても仕方がない。

あの世界では少しの金さえ用意すれば簡単に手に入ったものが、この世界では超貴重品ということも日常茶飯事《さはんじ》だ。

『英知の石』なんて、BBOではほとんどタダ同然で投げ売りされていたアイテムだしな。

……だからこそ、油断するわけにはいかないわけだが。

この世界の敵は確かに知識不足かもしれないが、この世界の中では精鋭とされる存在であることは確かだ。

俺の戦力も、BBOと比べれば遥《はる》かに心もとない……それこそ『エーテル・カノン』が一撃でもまともに当たれば、即死しかねないレベルだ。

まあ、たとえ相手が俺よりはるかに弱かったとしても、手加減をする気など全くないのだが。

「マジック・ウィング」

俺は敵が『エーテル・カノン』を外したのを確認して、飛行魔法を発動する。

『エーテル・カノン』の発動間隔は、最短でおよそ10秒。

その間、俺は自由に動くことができる。

となれば、最速で距離を詰める方法を使うのが合理的だ。

飛行魔法は発動後に軌道の変更が難しく、狙撃を受けやすい。

通常の魔法で『マジック・ウィング』を撃ち落とすのは難しいだろうが、『エーテル・カノン』の速度があれば、それは決して難しくないはず。

『エーテル・カノン』は本来、2キロ先にいる人間の頭に乗せたリンゴすら撃ち抜ける精度と、凄《すさ》まじい速度を持った魔法だ。

そんな魔法を使う相手に捕捉《ほそく》されながら、軌道が限定される飛行魔法を使うのは、自殺行為でしかない。
だから俺は敵が攻撃を外したタイミングを見計《みはか》らって、『マジック・ウィング』を使った。
少なくとも敵は、そう考えるはずだ。

そう考えつつ俺は着地し、更に数秒間、前に向かって走る。
マジック・ウィングによる移動と合わせて、300メートルほどの距離が縮まった。

「ファスト・シールド」

俺は敵の魔法が発動するよりも先に、先ほどと同じ防御魔法を使った。
こういったブラフ——本来は大した効果をもたらさない魔法を、あたかも強力な魔法のごとく見せかける行為は、何度も繰り返してこそ意味がある。

そして、見破られたタイミングを正確に見極《みきわ》め、次の手を打つ必要もある。
ブラフというのは単純なように見えて、効果的に運用するには技術を要するのだ。

敵と俺の間にある距離は、およそ1700メートル。

まだまだ敵にとって有利な間合いと言って間違いはないが、先程までに比べれば、随分と縮まった。

そんな中——またも敵から光が放たれ、俺の数メートル後ろへと突き刺さった。

前回ほど派手に狙《ねら》いを外したわけではないが、当たるような軌道でもない。

「少し、近くなったな」

山頂にいる敵が、何かを話している様子が見える。

それは予定通りの作戦会議というよりも、何か問題が起きたことに対して、対処法を話している様子だ。

恐らく、魔法が外れた理由についてでも話しているのだろう。

この距離……『エーテル・カノン』にとっては近距離射撃と言ってもいい距離での射撃で、2発もの『エーテル・カノン』を外すというのは、明らかな異常事態だ。

間違いなく彼らは訓練において、『エーテル・カノン』はこの距離で外すような魔法ではないことを理解している。

たとえ敵が走って避けようとしても、あの魔法の命中率には関係がない。

走る人間が10センチも移動しない間に、すでに『エーテル・カノン』は着弾しているからだ。

もし狙いを外すとしたら、発動者本人の狙った場所が間違っているケースくらいだが……貴重な『天啓の石』の使用対象に選ばれた魔法使いは、恐らく精鋭だろう。

まだ覚醒スキルを取得してから日が浅いとしても、急な方向転換や回避行動ならともかく、ただ走っているだけの相手に狙いを外さないだけの訓練は受けているはずだ。

だからこそ、狙いを外したことに対して驚いているのだろう。


「マジック・ウィング」


そんなことを考えつつ俺は、さらに距離を詰める。

これで敵との距離は１３００メートルから１４００メートル。

まだまだ俺が攻撃できる距離ではないが、最初にあった距離のうち3分の1が詰まった計算だ。

今のところは一方的に攻撃され、防戦一方のように見えるかもしれないが……『エーテル・カノン』は遠距離戦闘に特化した魔法だ。

こういった敵に対して距離を詰めることは、生半可《なまはんか》な攻撃を加えるより余程効果的だ。

魔法に関しても、一方的に攻撃を受けているというよりは『撃たせている』と言ったほうが正しいかもしれない。

なにしろ敵は『エーテル・カノン』で結構な魔力を消費するのに対して、俺は移動用の魔法と、ほとんど魔力を消費しない『ファスト・シールド』しか使っていないのだから。

とはいえ、まだ敵には距離の優位が残っている。

敵が待ち構えていくところに突っ込んでいくのだから、この程度の不利は当然だろう。

そう考えつつ俺は、今度は『ファスト・シールド』を使わずに進む。

俺は今までの戦闘で、敵の癖《くせ》を一つ見抜いていた。

射撃の直前、狙いをつけやすくするためなのか、片目をつむるのだ。

片目をつむれば遠近感はなくなるが、重力の影響を受けずに直線軌道をとる『エーテル・カノン』にとって、遠近感は必要のないものだ。

であれば、片目をつむった方が命中率がいい……というか実験の結果、実際によかったということなのだろう。

慣れれば両目でもしっかりと狙いをつけられるようになるはずだが、そこまでの練度に達していないのかもしれないな。

……いずれにしろ、タイミングを読ませてはいけないという意味では論外と言っていいほどの酷《ひど》い癖だ。

もしかしたら、これまでは敵の目が確認できるような距離に近付かれる前に敵を倒してしまうので、問題にならなかったのかもしれないな。

まあ、気付いた以上は有効活用させてもらおう。


（……今だ）

敵が片目を閉じた瞬間、俺は横に飛んだ。
そして次の瞬間――先程まで俺がいた場所に、一筋の光が突き刺さった。

今度は、狙いは外れてはいない。

もし避けていなければ、『エーテル・カノン』は確実に俺の命を奪っただろう。

あの魔法自体はかわせる速度ではないが、魔法を放つ人間の反射神経は有限だ。

発動の直前で急に動きを変えれば、避けることはできる。

どんな魔法も人間が使う以上、その性能は人間自身の性能によって制約されるのだ。

もちろん、発動直前のタイミングに合わせなければ、回避行動によって生まれた隙《すき》に『エーテル・カノン』を叩《たた》き込《こ》まれるだけだが……魔法が来るタイミングに合わせて避けてしまえば、その後10秒間は安全だ。

もし敵に『エーテル・カノン』使いが2人いたら、この戦術は破綻《はたん》することになるが……俺の読みでは、恐らく『エーテル・カノン』使いは1人だ。

戦闘に関する読みというよりは、その裏側にある帝国の動きに関する予想だが。

数多くの覚醒スキルの中で、『エーテル・カノン』は最強の魔法と言い切れるようなものではない。

確かに遠距離狙撃においては強力な魔法だが、広い視界を取るのが難しい市街地などの戦いでは、並の攻撃魔法と大して変わらない。

当たれば1人は倒せるかもしれないが、同じことは「ファイア・ボム」でもできる。

また遠距離においても、野蛮で原始的な方法……迎撃不可能な数の兵隊を用意し突撃させるという方法を取られると、圧殺される可能性が高い。

何しろ、10秒に一度しか使えない魔法なのだ。1000人の大群を前にすれば、そんなものは多少高性能な弓矢と変わらない。

そう考えると、大規模な戦争における対人兵器としても、やや中途半端《ちゅうとはんぱ》と言わざるを得ないだろう。

もちろん、使える状況においては便利な魔法だろうが、この世界においては極めて貴重な資源である『英知の石』を使ってまで得る戦力としては、使える戦局が限定されすぎる。

一人ならともかく、何人もの魔法使いにこのスキルを取得させるのは、『英知の石』が潤沢にある場合だけだろう。

そう考えると、回避行動による隙に2発目の『エーテル・カノン』を打ち込まれる確率は、極めて低い。

そして俺の読み通り――2発目の『エーテル・カノン』は飛んでこなかった。

「マジック・ウィング」

俺はさらに距離を詰め、『ファスト・シールド』を発動。
その直後に、敵は片目をつむった。
だが……敵は、『エーテル・カノン』を発動しなかった。

敵はじっと動かず、俺の動きを見ている。
もし先程のようにタイミングを合わせて回避しようとしていたら、回避行動によって無理になった瞬間に、『エーテル・カノン』が飛んできたことだろう。

先程の回避を見て、癖を読まれていると気付いた……というわけでもなさそうだ。
恐らく敵が片手をつむる動作は癖ではなく、意図してやっていたものなのだろう。
あえて癖を読ませることによって、敵の隙を作ろうというわけだ。

戦闘時の駆け引きとしては極めて原始的だが、悪くない小細工《こざいく》だったな。

俺もそれをなんとなく予想していたから、今回は回避をしなかったわけだが。

――そして数秒が経って、しびれを切らしたように『エーテル・カノン』が飛んでくる。

『エーテル・カノン』は俺には当たらず、数メートル離れた地面に突き刺さった。

「マジック・ウィング」

飛行魔法を発動する俺を見て、敵が何かを叫んだ。

距離が遠すぎて、敵が何を叫んだのかは聞こえなかった。

だが唇の動きと状況から、なんとなく予想はつく。

恐らく、敵の言った台詞《せりふ》はこうだ。

――「また曲がった」。

俺からは、敵が使った魔法はまっすぐ飛んだように見える。

だが敵からは、違うように見えているのだろう。

もちろん今まで敵の魔法が外れたのは、敵の練度不足などではない。

そうなるように、俺が仕向けたからだ。

覚醒スキル「エーテル・ハック」が、それを可能にした。


「聴覚強化」


敵の様子を探るために、俺は聴覚を強化する魔法を発動する。

精霊弓師が使うような盗聴魔法と比べて性能は低いが、俺と敵以外の人間がいない、雑音の少ない場所でこの距離まで近づけば、何を言っているか確かめるくらいはできる。


「た……確かに曲がった！　僅かだが、曲がった！」

「クソ、なんだあの盾は！　これじゃ何発撃っても……」

「うろたえるな！　それこそ相手の思うツボだ！　……『エーテル・カノン』に干渉するほどの高位魔法など、代償も制約もなしに使える訳がない！　敵がさっき、盾の魔法を使わず避けたのを忘れたのか⁉」

……狙い通りの反応だな。

俺は普通に走っているだけで、敵の魔法を避けられると分かっている。

にもかかわらず俺が回避行動を取ったのは、こういった誤認を招くためだ。


敵が放った魔法は、曲がってはいない。

だが敵には、曲がったように見えている。

そうなった原因は……一種の幻覚魔法だ。


『サイト・ディストーション』という魔法がある。

敵の視界を歪《ゆが》め、遠距離魔法などの狙いを外させる魔法だ。

高レベルの魔法使いが使った場合、視界の歪みはまっすぐ歩けないレベルに達し、ほとんど無力化といっていい状態に相手を追い込める魔法だ。


これほど便利な魔法であるにもかかわらず、『サイト・ディストーション』は対人戦においても対魔物戦においても、ほとんど使われていなかった。

その理由は、解除があまりにも簡単なことだ。

幻覚魔法には解除しやすいものが多いが……この魔法に至っては、ちょっと強めに顔を叩く程度の衝撃で解除されてしまう。

もちろん俺たちの攻撃によっても解除されてしまうので、対魔物戦闘では全く使い道がない。こんな魔法を使うくらいなら、最初から攻撃魔法を撃ち込んだほうがマシだ。

対人戦の場合は1発の攻撃が当たるかどうかの影響が大きいため、対魔物戦闘とは少しだけ事情が違うが……そもそも発動した時点で、敵に気付かれて解除されてしまう可能性が高い。

ただ頰《ほお》を叩くだけで解除できる程度の魔法なのだから、気付かれた時点で終わりだというわけだ。

そもそも……この距離では、普通は届かない。

『サイト・ディストーション』の射程は、せいぜい20メートル。『デッドリィ・ペイン』と大して変わらない射程だし、それなら『デッドリィ・ペイン』を撃ち込んだほうが、手っ取り早く相手を無力化できる。

防御魔法によって防がれやすいという特徴は『デッドリィ・ペイン』と変わらないし、同じ程度の当てやすさに対して、出る効果の違いを考えれば……使われないのも納得の魔法だろう。

唯一優れた点があるとすればこれが基本スキルで、『デッドリィ・ペイン』と違ってスキルポイントを消費する必要がないことだが、それにしても性能に差がありすぎる。
俺自身、まともに戦力として通常の『サイト・ディストーション』を使ったことはない。

だが……『エーテル・ハック』を使うと、話が変わってくる。

エーテル・ハックが持つ最大の効果の一つが、魔法の性質改変だ。
この覚醒スキルを得た者は射程距離を伸ばしたり、威力を上げたり……普通の魔法の性能を、状況に合わせて改変できる。

だが、もちろん無制限に、強い魔法を作り放題というわけではない。
魔法の一面を強化した場合、必ず他のどこかの面が犠牲になる。

威力を上げれば発動時間、魔力消費や再使用待機時間が増え、単純な時間あたりのダメージ量で考えれば『同じ魔法を2発撃ったほうがマシ』な結果になる場合がほとんどだ。
射程などを犠牲にすればそういった影響を抑えることもできるが、今度は自分の魔法で自滅しかねない。

攻撃魔法の射程延長はもっとひどい。

威力や速度などが犠牲になった長距離魔法など、ただの豆鉄砲だ。

超遠距離攻撃がしたいのであれば、最初から魔法使いになって『エーテル・カノン』を取得すべきだろう。

スキルとして習得できる魔法は、ある意味バランスが取れた、合理的な作りになっているのだ。

性質改変はそのバランスを崩すということであり、考えなしにやるくらいなら、元々ある魔法をそのまま使ったほうがマシだ。

だが、そのバランスを崩してでも特定の性質に特化させたいケースというものはある。

例えば魔法の威力を2倍にした結果、消費魔力および再使用待機時間が10倍になってしまったとして……単純な効率で見れば、それは明らかな劣化だ。

しかし反撃を許すわけにはいかない相手を、一撃で倒すための改変なら、その改変には意味がある。

敵を倒すのに2発撃つ必要がある魔法と1発で済む魔法では、『反撃を許すかどうか』という大きな差があるのだから。

『サイト・ディストーション』の場合、伸ばしたのは射程だ。

俺は『エーテル・ハック』によって『サイト・ディストーション』の射程を大幅に伸ばし、代わりに出力を極小にした。

この魔法によって起こる視界の歪みは、もはや自分では気付けない程度だ。

だが、遠距離狙撃においてその視界の歪みは、数メートルの誤差を引き起こす。

その結果、敵は先程までの攻撃を外し続けたという訳だ。

視界の歪みが小さいからこそ、敵はその原因に気付くのが難しい。

景色などをゆっくり見れば、自分の視界が歪んでいることが分かるかもしれないが……敵を目の前にして攻撃を加えている最中で、そこまで冷静な状態でいるのは簡単なことではないだろう。

そこに『ファスト・シールド』をあえて見せることによって、あたかも『ファスト・シールド』が魔法を曲げたかのように見せかければ……『自分の視界が歪んでいる』という事実に気付くのは、さらに難しくなる。

今までの動きは、全《すべ》てこれに気付かせないための布石だと言っていい。


とは言え、何度も繰り返していれば、いずれ敵は自分の視界の歪みに気付くだろう。

そこで俺は先程、一瞬だけ『サイト・ディストーション』を切り、物理的な回避を織り交ぜたわけだ。

回避に失敗するリスクはあったが、これを一度織り交ぜるだけで敵の思考には『攻撃を歪める魔法を、俺が使い続けられない可能性』がついて回る。


全ての攻撃が曲げられると分かれば、敵は全力でその対策を立てることだろう。

その過程で敵は攻撃が曲がる原因についてより深く考えるだろうし、攻撃が曲がっているのではなく視界が歪んでいることに気付くのも時間の問題だ。

そこに余計な思考を挟ませることによって、『エーテル・カノン』1発分でも露見を遅らせられれば、細工《さいく》のかいはあったと言えるだろう。


「マジック・ウィング。……ファスト・シールド」

俺はまたも飛行し、防御魔法を発動する。

多少は左右に動いて狙いをつけにくくするが、ほとんど最短ルートで距離を詰めた。

残りの距離は500メートルを切り、射程が長い攻撃であれば、届くには届くくらいの距離だ。

まあ、射程的に届くというだけで当てるのは無理だろうが。

そう考えていると、自分から僅か1メートルほどのところに『エーテル・カノン』が着弾した。


「近いな……」


着弾距離が段々と近くなっているのは、恐らく偶然ではない。

今まで俺は、先程自力で攻撃を回避した一瞬を除いて、敵に『サイト・ディストーション』をかけ続けてきた。

その『サイト・ディストーション』の強度は、一度も変えていない。

視界の歪み方が同じくらいであれば、距離が遠くなるほど、射撃の誤差は大きくなる。

1メートル先で1センチの誤差は100メートル先では1メートルに拡大し、1キロ先では10メートルにもなる。これが最初の頃、敵の攻撃が派手に外れた理由だ。

敵との距離は、最初に『サイト・ディストーション』を使ったときと比べて、格段に縮まっている。

やろうと思えば『エーテル・ハック』の設定を変更して、敵の視界の歪みを大きくするのは簡単だ。


だが……視界の歪みが大きくなればなるほど、敵はそのことに気付きやすくなる。

敵に今かかっている『サイト・ディストーション』は、自分では自覚できないレベルだ。

恐らく俺が今あの魔法をかけられたとしても、俺自身ですらそれに気付かないだろう。

射撃の失敗などによって間接的な原因推定に成功する可能性はあるが、『視界が歪んでいる』と知っていた場合ですら、歪みそのものを自覚することは、恐らくできない。

そんなレベルの歪みだからこそ、今まで敵を騙《だま》し続けられたのだ。

とはいえ……いくら敵が『サイト・ディストーション』に気付かなくても、このままでは普通に『エーテル・カノン』が当たってしまう可能性がある。
気付かれる危険性を覚悟で、強度を上げるしかないか。

「マジック・ウィング」

俺はまず、飛行魔法を発動した。
敵が最も視界の歪みに気付きにくいのは恐らく、このタイミングだ。

「エーテル・ハック」

俺は敵の視線が俺を追っていることを確認して、『エーテル・ハック』を発動し、『サイト・ディストーション』の性質を改変する。
止まっている視界が歪めば誰《だれ》でも気付くが、飛行する俺を追いかけて視線を動かしている時であれば、歪みに気付きにくくなる。
そう考えつつ俺は飛行を終え、着地した。

もし敵が視界の歪みに気付いていれば、自分の顔を叩いたり、あるいは状態異常解除系魔法を発動したりといった動きがあるだろう。

そのどちらの手段でも、『サイト・ディストーション』は簡単に解除できる。


「ファスト・シールド」


俺は相手の動きを慎重に観察しながら『ファスト・シールド』を発動する。

もし敵がまだ真相に気づいていなければ、今まで段々と着弾精度が上がっていることを理由に、もう1発『エーテル・カノン』を撃ってくるかもしれない。

だが、もし強度を上げたことで『サイト・ディストーション』に気付かれていたら、次の『エーテル・カノン』こそは読めないタイミングで、真《ま》っ直《す》ぐに飛んでくる。


そして敵は――そのまま『エーテル・カノン』を撃った。

強度の上がった『サイト・ディストーション』で歪んだ敵の視界から放たれた『エーテル・カノン』は、俺から少し離れたところに着弾する。

それを見て敵は、叫び声を上げた。

「……曲がってるのは魔法じゃない！　俺たちの視覚だ！」

「視覚？　……感覚攪乱《かくらん》魔法か！」

そう言って敵はポケットから何かを取り出し、それを飲んだ。

恐らく、状態異常対策系のポーションか何かだろう。

この世界で流通しているポーションの質がどんなものかはわからないが……たとえ粗悪品であっても、『サイト・ディストーション』を解除するには十分すぎるだろうな。

これでもう、『サイト・ディストーション』は敵に通じないだろう。

だが――今一発を無駄にさせただけで、その価値はあった。

「マジック・ウィング！」

俺が発動した『マジック・ウィング』は、俺と敵の間の距離を一気に詰める。

その途中で俺は、次々と補助魔法を発動していく。

「エンハンス・フィールド、バーサーク・フィールド、フレイム・フィールド、フレイム・エンチャント、フレイム・オーバーエンチャント……」

詠唱時間を伸ばさずに発動できる全ての補助魔法を唱え終わった頃、俺は『マジック・ウィング』による飛行を終えて着地した。

着地地点は敵の50メートルほど手前――『スチーム・エクスプロージョン』の射程圏内。

ここから先は、俺の間合いだ。

第二章

The Invincible Sage in the second world.

02

「エーテル・ハック――ファイア・ボム！」

俺《おれ》はまず、エーテル・ハックによって性質を改変した『ファイア・ボム』を放った。

これはただ単純に、威力を改善したものだ。

威力と引き換えに魔力効率は悪化し、元々の『ファイア・ボム』には存在しなかった再使用待機時間までついている、もはや『ファイア・ボム』とは別物と言っていい威力の魔法だ。

そうして放たれた、明らかに異常な光を放つ火の玉を前に、敵は魔法を唱えた。

「……エーテル・ウォール」

敵の言葉とともに、俺と敵の間に、白く輝く壁が現れた。

俺の放った『ファイア・ボム』は壁にぶつかり、爆発《ばくはつ》を起こしたが……壁は微動だにしない。

（なるほど、『エーテル・カノン』と『エーテル・ウォール』の組み合わせか。……考えたな）

エーテル・ウォール。

その名の通り、壁を展開して身を守るための魔法だ。

覚醒《かくせい》によって得られるスキルの中では珍しく、この魔法は防御にだけ特化している。

貴重な覚醒スキルを防御だけに使っているだけあって、この魔法は他の防御魔法にはない特徴を持つ。

展開は一瞬、強度は通常の防御魔法の中で最高の防御力を誇るもの（展開に1分近くかかる）の数倍、状態異常系の魔法なども全《すべ》て遮断という、防御スキルとして最高レベルの性能に加え……この魔法は敵の攻撃魔法だけを防ぐ。

結界自体の大きさも一辺数十メートルはあるので、敵が動いたからといって結界を動かす必要もない。

これは全ての防御魔法の中で唯一、『エーテル・ウォール』だけが持つ性質だ。

『エーテル・ウォール』は敵の攻撃を防ぎながら、自分の魔法や味方の魔法は、まるで何もないかのように素通りさせる。

この魔法と『エーテル・カノン』の相性《あいしょう》は圧倒的だ。

たとえ敵が反撃を試みたとしても、それらを全て防ぎながら、安全なところで魔法を撃ち続けられるのだ。

距離さえ詰められなければ、無敵と言っていいかもしれない。


だが……この距離での戦闘という意味で考えると、展開の仕方が悪いな。

ここには3人の敵がいるが、覚醒スキルの都合なのか、3人のうち1人――『エーテル・カノン』も『エーテル・ウォール』も使っていない、能力不明の敵は少し離れた場所に陣取っている。

その男の立ち位置は結界の中心から10メートルほどずれていて、さらに結界自体からも、数メートルも離れていた。


「スチーム・エクスプロージョン」

俺は『スチーム・エクスプロージョン』を、直接敵に向けるのではなく、結界の端を狙《ねら》って発動した。

轟音《ごうおん》とともに爆発が起こり、あたりに広がった爆風は――結界の裏側へと回り込む。

敵は爆風に巻き込まれ、声を上げる暇《ひま》もなく吹き飛んだ。


爆発魔法は直接当てなくていい分、こういった『爆風を一部だけ届かせる』といった攻撃が可能になる。

流石《さすが》に結界の真後ろに回り込ませるのは難しいが、数メートル離れた場所であれば、爆風を届けるのはそう難しくない。


今の作戦が通用したのも、この世界に『スチーム・エクスプロージョン』が普及していないおかげだな。

高威力の爆発魔法が普及していないため、そういった魔法に対処する際のセオリーもあまり知られていないのだろう。


これで敵は残り2人。

どちらもスキルは分かっているため、あとはどう勝負をつけるかだな。

まあ、その結論もすでに出ているのだが。

「スチーム・エクスプロージョン」
（デュアル・キャスト）

とりあえず俺は『デュアル・キャスト』を使い、『スチーム・エクスプロージョン』を再発動した。

まあ、これは軽い牽制《けんせい》のようなものだ。

『スチーム・エクスプロージョン』の2発目を撃ったところで『エーテル・ウォール』は破れないし、敵のいる場所には一時的な強風が吹く程度の影響しか与えられないが……まあ、撃たないよりはマシだからな。

本来、賢者が魔法を打つ際に詠唱は必要ないのだが、あえて声に出した『スチーム・エクスプロージョン』の詠唱を重ねておく。

普段は詠唱をしておいた方が、不意打ちで無詠唱魔法を使った時に、相手の不意をつきやすいからな。

切れるカードを全て切らずにとっておくのは、対人戦の基本だ。

そして爆風が巻き上げた土煙《つちけむり》が視界を塞《ふさ》いでいる間に、俺は次の魔法を発動する。

「サーチ・ジャミング」

（魔力隠形《おんぎょう》）

この魔法はその名前の通り、探知系魔法に対抗するための魔法だ。

対抗するとは言っても、存在自体を隠すことができるわけではない。

魔力の異常反射を作り出すことによって探知の精度を落とし、正確な位置を割り出せなくする目的の魔法だ。

この魔法は『サイト・ディストーション』や『シャドウ・フォグ』ほど強力な妨害手段にはならないが、あれらの魔法とは違って敵に直接干渉しないため、状態異常回復魔法などによって解除されないという強みがある。

俺の位置を完全に隠すためには不十分だが、これと『魔力隠形』を組み合わせれば、探知系魔法と『エーテル・カノン』を組み合わせての射撃を防ぐことはできる。

『エーテル・ハック』は『エーテル・カノン』や『エーテル・ウォール』と違って、新しい攻撃魔法を追加するようなものではない。

俺はこの魔法が覚醒によって得られるスキルの中でも最強だと思っているが、攻撃だけに特化した覚醒スキルと比べれば、扱いが難しいのも確かだ。

特に2対1の戦闘で『エーテル・ウォール』まで展開されているとなると、まずは相手の攻撃魔法を無力化しないことには、戦うのは難しい。


「サンド・トルネード」


次に俺が発動したのは、『サンド・ストーム』の下位魔法である『サンド・トルネード』だ。

この魔法は攻撃の威力という面では決して強くないが、大量の砂を含んだ嵐《あらし》を発生させることによって、敵の視界を封じるという点は変わらない。

結界などと違って攻撃魔法によって破壊することもできないので、目くらましとしては最適な魔法だ。

敵と俺の間にある距離は50メートルに満たないが、『サーチ・ジャミング』と『サンド・トルネード』の影響によって、敵は俺の正確な位置を把握できなくなった。

まあ、『エーテル・ウォール』の影響で、一方的に攻撃を受けるという状況自体は変わらないのだが。

「ファイア・ボム。ファイア・ボム。ファイア・ボム……」

……敵は姿の見えない俺を撃つべく、次々と攻撃魔法を放つ。

あえて『エーテル・カノン』を使わないのは、俺の正確な場所が分かった時にすぐ撃てるようにという理由だろうな。

闇雲《やみくも》に撃つ魔法としては、魔力消費が少なく連発の効く通常魔法が最適というわけだ。

（マジック・ヴェール）

俺はそれに対して防御魔法を使い、地面に伏せて動かずに敵の攻撃を待つ。

この距離ではどうせロクな回避などできないし、それだったら少しでも敵から見える面積を減らして、攻撃を当たりにくくしたほうがマシだ。

幸い、『エーテル・カノン』以外の攻撃魔法が相手であれば、（マジック・ヴェール）で1発は耐えられるはずだからな。

そんなことを考えていると……俺のすぐ近くに、1発の『ファイア・ボム』が発動した。

直撃こそしなかったものの、爆発の余波——爆風と爆熱が俺を襲う。

『マジック・ヴェール』によって直接的なダメージ自体は防げたが、『マジック・ヴェール』はその汎用性《はんよう》の代わりに、極《きわ》めて燃費の悪い魔法だ。

防げはしたものの、魔力の消費は大きかった。

もし同じ魔法が直撃したとしても、死にはしないだろうが……反撃のための魔力は、恐らく全て失われるだろう。

それは遅かれ早かれ、敗北を意味する。

だが……今の余波の被弾は、俺にとってむしろ幸運だった。


（……さあ、これでも当てられるか？）


俺は地面に伏せたまま這《は》うようにわずかな距離を移動し、先程の『ファイア・ボム』が着弾した場所へと動いた。

人間の心理的に、視界のない中に闇雲に攻撃をするという状況において、全く同じ場所を2回も攻撃する可能性は低い。

実際、今までに何発も放たれた攻撃魔法の中で、同じ場所に着弾した魔法は1発もなかった。
敵に俺の作戦を見抜かれていない限り、すでに敵の攻撃魔法が着弾した場所は、ある意味で安全地帯だというわけだ。

「フレイム・ウォール」

どうやら敵は攻撃魔法を『ファイアア・ボム』から『フレイム・ウォール』に切り替えたようだ。

威力は高くないが対人戦では十分な威力を持ち、攻撃範囲の広い『フレイム・ウォール』は、視界のない中でどこにいるか分からない敵を攻撃する魔法として、中々悪くない選択だ。
優秀な魔法だからこそ、読まれやすいという点を除けばだが。

「フレイム・ウォール。フレイム・ウォール。フレイム・ウォール」

最初の『フレイム・ウォール』は俺の目の前10メートルほどの場所で発動し、その後の魔法は段々と、俺から離れていくように発動した。

敵からすれば、初めに最大射程で魔法を発動し、段々と自分の近くに狙いを移していったような形だ。

もし俺が1発目の『フレイム・ウォール』より敵の近くにいたとすれば、『フレイム・ウォール』と『エーテル・ウォール』に挟み込まれ、逃げ場を失っていただろう。

だが当然、それらの魔法は1発たりとも俺に届かなかった。

放たれた十発以上の『フレイム・ウォール』は、俺から遠く離れたところで虚《むな》しく燃えただけだ。

何しろ俺は、『フレイム・ウォール』の射程では届かない場所にいるのだから。

敵から50メートルという中途半端《ちゅうとはんぱ》な位置取りは、こういった場面で敵が『フレイム・ウォール』を撃ってくることを想定して選んだものだ。

範囲攻撃系の魔法は有段攻撃魔法に比べて射程が短く、一部の例外を除いてはこの距離まで届かない。

そうして、俺が先程『スチーム・エクスプロージョン』を撃ってから、1分が経過した。

再使用待機時間が終了し、次の一撃が撃てるようになる。

もちろん俺は、1発目と2発目の『スチーム・エクスプロージョン』が敵によって防がれたのを忘れたわけではない。

だが……あの時に防がれたのは、レベル2の『スチーム・エクスプロージョン』。

本来、俺の『スチーム・エクスプロージョン』のレベルは——5だ。


（スキルレベル・リミッター・解除——対象、スチーム・エクスプロージョン）


スキルレベル・リミッター。

それは全ての職業が使える、基本スキルの一つだ。

効果は極めて単純。

解除するまでの間、指定したスキルのレベルを落とすというだけのものだ。

この、通常ならデメリットしか生まない魔法は、この世界においては特に使い道が少ない。

何しろこの世界では、スキルのレベルを2以上上げる方法がほとんど知られていないため、そもそも発動しても意味がない。

一般的に知られているスキルなのかどうかは知らないが、使い道がないということは、相手の想定を外しやすいというメリットに繋《つな》がる。

俺は今回の遠征に出てからずっと『スキルレベル・リミッター』をかけたままにして、『スチーム・エクスプロージョン』をレベル2のスキルとして扱ってきた。

それはレベル5だと威力が大きすぎて扱いにくいという理由もあるが、最大の理由はこういった場面で、敵に魔法の威力を誤認させるためだ。

敵は先程の一撃で、『スチーム・エクスプロージョン』は『エーテル・ウォール』を破れないという確信を抱いただろう。

だが……それは俺が先程放った、補助魔法なしでレベル2の『スチーム・エクスプロージョン』の話だ。

レベル5の上、補助魔法も併用すれば話が違う……と言いたいところだが、残念ながらそうもいかない。

覚醒によって得られる魔法の性能というのは凄《すさ》まじいもので、レベル5の『スチーム・エクスプロージョン』ですら『エーテル・ウォール』を破壊することはできない。

もし相手が使ったのが『エーテル・ウォール』以外の上級防御魔法――条件は厳しいものの、レベル2の『スチーム・エクスプロージョン』に対応できるものはいくつか存在する――だったら、デュアル・キャストの発動直前のタイミングで『スキルレベル・リミッター』を解除すれば、それだけで決着がついた可能性は高い。

そのパターンに比べれば、魔法の威力を誤認させる作戦は、必ずしも最高の結果を生んだとは言えないだろう。

だが、『スチーム・エクスプロージョン』の威力を上げる方法は、まだ他にも存在する。

（エーテル・ハック）

俺は『エーテル・ハック』を起動し、『スチーム・エクスプロージョン』の性質を改変する。

やることは単純。威力を可能な限り大きくするだけだ。

それと引き換えに再使用待機時間は1時間を超え、魔力効率は考えうる限り最悪と言っていいレベルまで落ち込む。

一度使ったが最後、5秒以内にしか使えない『デュアル・キャスト』を除けば、その戦闘で

『スチーム・エクスプロージョン』は使えなくなると言っていいだろう。

俺は両耳を塞ぎ、目を閉じ、口を開く。
前世の世界でも知られていた、耐爆防御と呼ばれる姿勢だ。

そして、俺は魔法を唱えた。

「スチーム・エクスプロージョン」

爆風と炎が吹き荒れ、その余波は地面に伏せて最大距離で撃ってなお強烈な破壊力によって、俺の魔力を削り取った。
『マジック・ヴェール』を発動していたおかげで、身体的なダメージ自体はなかったが……もしそうでなかったら、恐らく死んでいただろう。

俺は一応生きているが、残っていた魔力はほとんど『マジック・ヴェール』に食い尽くされた。
これでは5秒以内であっても、デュアル・キャストは発動できないだろう。

それどころか、ファイア・ボムすら満足に放てるか怪しいくらいだ。

魔力切れと言っても、間違いではないレベルだろう。


……魔力のない魔法使いなど、ノービスと大差ない。

もし今の一撃を受けて、敵が片方でも生きていたら――その時には『魔力隠形』でも使って、何とか生き残りに賭《か》けるしかないな。

などと考えながら、俺は爆炎が晴れるのを待つ。


そして数十秒後、視界がひらけてきた。

敵が発動した『エーテル・ウォール』は――未《いま》だに健在だ。

防御魔法なしなら術者本人すら葬り去る、強化版『スチーム・エクスプロージョン5』の爆発を受けてなお、『エーテル・ウォール』には傷一ついていない。


（なんて頑丈さだよ……）


俺は魔法によってできた壁のあまりの頑丈さに呆《あき》れながらも、その壁の向こう側に目をやる。

エーテル・ウォールは視界を遮《さえぎ》らないため、向こう側の様子がよく見えた。

……これだけ視界のいい場所で、『エーテル・カノン』を警戒すらせずに様子を見ているのは、その結果が分かっているからなのだが。

「やっぱり、こうなってるよな」


傷一つない壁の向こう側で、2人の敵が地面に倒れていた。

倒れたまま、動く様子はない。


周囲の状況を見る限り、彼らが張った『エーテル・ウォール』は、スチーム・エクスプロージョンの爆風と熱を完全に防ぎきった。

もし爆風がそのまま届いていたら、彼らは原型をとどめていなかっただろう。

敵の2人は今、ほとんど目立った外傷のないまま地面に倒れ、微動だにしていない。


その理由は……恐らく、気圧《きあつ》差だ。

たとえ強力な防御魔法であっても、爆発によって発生した強烈な気圧差までは防ぎきれない。

爆発によって発生した気圧差は人間の内臓を破裂させ、爆風が当たらずとも死に至らしめる。

気圧差の影響を防ぐためには自分の周囲を完全に結界で囲う必要があるが、エーテル・ウォールはそういった使い方ができる魔法ではないし、他の結界魔法も圧力がかかる面積が大きすぎて、一瞬で砕け散ることだろう。

短時間で展開できる魔法であれに耐える方法があるとすれば、それこそ人間自身を直接守る『マジック・ヴェール』くらいのものだ。

「マジック・サーチ」

俺はわずかに残った魔力を使って、探知魔法を発動する。

もし生きた人間であれば探知に引っかかるはずだが……周囲に、俺以外の魔力反応は見当たらない。

「……覚醒スキル持ちが2人となると、やっぱり中々手がかかるな」

まあ、今となってはわからないが、実は3人だった可能性もあるのだが。

いずれにしろ、俺は勝利したということだ。

俺は最後に敵が生きていないことを確認すると、山頂を後にした。

◆第三章

「エルドさん！　ご無事だったんですね！」

それから数時間後。

俺《おれ》は無事に山を降り、メイギス伯爵軍……改め、王立臨時特設騎士団の元へと戻ってきていた。

「ああ、無事だ。俺がいない間に、何か状況の変化はあったか？」

「山頂で大爆発《ばくはつ》が起きました。恐らくエルドさん関係だと思いますが……『スチーム・エクスプロージョン』より、さらに爆発の規模が大きかった気がします」

「それは多分、敵を倒す時に撃った『スチーム・エクスプロージョン』だな。……威力は前に見た時と同じのはずだ。同じ魔法しか使ってないからな」

スキルレベル・リミッターの件は、サチリスを含め何人かには伝えている。

以前に俺がレベル5の『スチーム・エクスプロージョン』を放ったのを見たことがある者なら、聞いていなくても想像はついているだろう。

だがエーテル・ハックについては、誰《だれ》にも伝えていない。

必要がない限り、今後も伝えることはないだろう。

エーテル・ハックは今回のような駆け引きに使う以外にも、様々な使い道のあるスキルだが……情報が知られていなければ、その効果は跳ね上がるからな。

伯爵軍のメンバーを信用していないわけではないが、敵による尋問などの可能性を考えると、隠しておくに越したことはない。

もし敵が同じスキルを使うようなことがあれば、対策のために教えるべきだが……今のところ、見つかっていないしな。

「やっぱり、スチーム・エクスプロージョンでしたか。爆発と同時に山頂から『サーチ・エネミー』の反応が消えたので、エルドさんが敵を倒したのは分かりましたが……エルドさんが何時間も帰ってこないので、ちょっと心配していました……」

「……ちょっとだけしか心配してなかったんだな」

「他の誰かならともかく、エルドさんが、自分の魔法で死ぬとは思えませんから。……魔力の回復待ちとか、他に新しい敵を見つけてそれを倒しに行ったとかじゃないかなと……」

「回復待ちで正解だ。流石《さすが》に魔力がほとんどゼロの状態では、不用意に動けない。……誰か連絡員を連れていければよかったんだが、『エーテル・カノン』が相手では守るのも難しいからな」

そう言って俺は、メンバーの顔を見回す。

来た時のメンバーは、全員揃《そろ》っていた。

どうやら今回の戦争も、犠牲者は出なかったようだ。

「周囲のどこかに、サーチ・エネミーの反応はあるか？」

「ありません。少なくとも私とエルドさんを知っている敵は、周囲にいないはずです」

「分かった。通信網を通して報告してくれ。敵主力は倒して帰還すると」

「はい！」

◇

それから数日後。

俺は国王の頼みで、サチリスと共に王都へとやって来ていた。

ライジス活火山での戦闘に関しての報告はすでに済ませたはずだが、報酬に関しての相談があるらしい。

メイギス伯爵ではなく俺が呼ばれたのは、今回の戦いは名目上『メイギス伯爵軍』ではなく『王立臨時特設騎士団』が行ったものなので、その騎士団長が出るべきだということだろうか。

どうせ中身はメイギス伯爵軍なのだから、伯爵も来てくれれば面倒事を押し付けられて、楽ができた気がするのだが。

そう考えつつ俺は、王宮の前で立ち止まる。

王宮に来てくれと言われたから、とりあえず来てみたのだが……受付はどこだろうか。

そもそも平和な時に、一人で王宮に来るのって初めてなんだよな。

前に来たときには、王宮は完全に敵に乗っ取られた敵地だったりしたし。

「サチリス、王宮に入る方法とか、誰かから聞いてるか？」

「いえ……何も聞いていません。そもそも機会がありませんから……」

困った。

国王の手紙には宿泊場所（王都のど真ん中にある、やたら高級そうな宿だ）の指定はあったが、それ以外何も書かれていなかったんだよな。

とりあえず、国王の招待状を警備の騎士にでも見せれば、どうすればいいか教えてくれるだろうか。

などと思案しながら、警備の騎士たちを見回していると……騎士のうち数人が、俺の顔を見て何かを相談し始めた。

「反応はあるか？」

俺は騎士たちを見ながら、サチリスにそう尋ねる。

『反応』というのは、『サーチ・エネミー』の反応のことだ。

王都に同行するメンバーとしてサチリスが選ばれた一番大きな理由が、この『サーチ・エネミー』だ。

敵意を察知する『サーチ・エネミー』は戦闘でも役に立つが、こういった場面では唯一無二と言っていいほどの性能を誇るスキルだ。

王宮の乗っ取りや、偽物《にせもの》対策にもなるしな。

「騎士たちにはありません。……王宮の中には、50人ほど……」

「50人か。一ヶ所に固まってるか？」

「いえ、あちこちに散らばっています。特に警備や戦闘などの陣形もとっていないようです」

なるほど。

王宮内には何百人もの人がいるので、その中の50人だけとなると、別に乗っ取りなどではなさそうだな。

臨時とはいえ、いきなり冒険者から騎士団長になった俺のことをよく思っていない人間なんて、そんなに珍しくもなさそうだし。

他にもゲオルギス枢機卿《すうききょう》を倒した件や治癒薬利権の件など、他人から恨みを買う心当たりならいくらでもある。

『サーチ・エネミー』はそういった敵意も感知するので、必ずしも敵意イコール襲撃というわけではないのだ。

とはいえ、気をつけておくに越したことはないか。

「もし近付いてきたり、俺を複数人で取り囲むような動きがあったら教えてくれ」

「はい」


とりあえずこれで、不意打ちは避けられるだろう。

などと相談していると……騎士たちの相談がまとまったようだ。

騎士たちは足並みを揃えて、俺のもとへと歩み寄ってくる。

「し、失礼いたします！　王立臨時特設騎士団長、エルド様でしょうか！」

どうやら彼らは、俺のことを知っていたようだ。

知り合いではないと思うが……何故《なぜ》分かったのだろう。

「ああ。国王に呼ばれて来たんだが、どこに行ったらいいのか分からなくてな」

「も、申し訳ございません！」

「……何で謝るんだ？」

「本来我々がお迎えに伺《うかが》うべきところ、ご足労いただいてしまい……」

なるほど。

集合場所は書いていないわけではなく、宿が集合場所だったのか。

そうならそうと書いておいてほしいものだが……もしかしたら国王に招待を受けるような人々にとっては、書くまでもない常識だったのかもしれない。

「一度宿に戻って、出直したほうがいいか？　手続きとかの都合があるなら、それに合わせるが」

「いえ、これ以上ご迷惑をおかけするわけには参りません！　直ちに馬車を手配いたします！」

こうして俺達は王宮までの50メートルにも満たない距離を、馬車に乗って進むことになったのだった。

普通に歩いて入ればいい気がするのだが。

◇

「エルド、わざわざ王宮まで来てもらってすまないね」

「一応、王立騎士団の騎士ってことになってるからな。それに、あの後どうなったかも聞きたいからな」

王宮の応接間で、俺と国王はそう言葉を交わす。

国王と騎士という感じの言葉遣いではないが……まあ、正式な謁見とかではないからな。

以前から国王とはこういう口調で話しているが、流石に周囲の目がある正式な謁見では、ちゃんとした口調を使うことになりそうだ。

ちなみにサチリスは、

「……というか、褒美って交渉するようなものなのか?」

俺はまず、疑問に思っていたことを尋ねた。

働きに応じて褒美を受け取るのは、騎士として普通だと思うが……そういうのって、国王が決めるものだと思っていたのだが。

「もちろん、普通は交渉なんてしないよ。騎士への褒美は私が決めるし、文句を言う騎士なんていない。……でもエルドが相手だと、そういうわけにもいかないからね」

「そうなのか？」

「ああ。私が騎士と交渉をしないのは、力関係に大きな差があるからだ。その気になれば一人で一国を滅ぼせそうな力を持っている君を相手に、普通の騎士相手みたいなやり方はできないね」

いや、一国を滅ぼせるというのは大げさだと思うが。

確かに短期間の局所戦では、この国の軍に負ける気はしないが……魔力や体力の限界というものがあるからな。

それこそ24時間、寝る暇《ひま》すら与えられずに襲撃を受け続けて、力尽きない者などいないはずだ。

賢者がどうとかではなく、人間としての限界だ。

まあ……メイギス伯爵軍の協力があれば、王都を占領して傀儡《かいらい》政権を立ち上げるくらいはできるかもしれない。

とはいえ、俺もメイギス伯爵も、そんなことをする気は全くないのだが。

そんなことを考えつつ、俺は国王に尋ねる。

「ちなみに俺の希望がなかったら、何をくれるつもりなんだ？」

「それを決めるのすら難しいね。手柄に応じたものを……という感じになるはずだけど、正直今回に関しては、どう手柄を評価したらいいか分からないんだ。普通なら敵の人数や武装などから、前例をもとに戦功を評価するけど……今回の敵は前例がなさすぎるからね。戦功を評価できないんじゃ、報酬も決めようがないというのが正直なところだ」

確かに人数で言えば今回の敵は、軍とすら呼べないような規模だったからな。

敵の姿を直接見たのも俺とメイギス伯爵軍の何人かだけだし、やろうと思えば敵の戦力に関して、いくらでも嘘《うそ》をつけてしまう状況だ。

覚醒《かくせい》スキルや『サンド・ストーム』を使う連中が厄介《やっかい》だったのは装備ではなくスキルのせいなので、遺体の装備などを調べて戦力を分析することもできないし。

「……客観的に証拠がある戦果は、『ライジス活火山で敵3名を撃破』『ライジスの街を占領した敵3名を撃破』……これだけだな。騎士団というよりは、盗賊退治の冒険者パーティーが上げるレベルの人数だ」

「人数で見れば、それだけだね。しかし、そのライジスの町にいた3人が、500人の王国軍を全滅させたとなると話が変わってくる。しかも500人の王国軍を倒しながら、敵は恐らく全くの無傷……その3人の戦力を王国軍の一般兵士に換算したら何人になるのか、想像もつかない」

そう言って国王は、『ライジス戦争に関する調査報告書』と書かれた書類に目を落とす。

報告書は王国諜報《ちょうほう》部が作成したもののようだが……この言い方を聞く限り、あまり多くの情報は集まっていないんだろうな。

いくら諜報部でも、そもそも誰も知らない情報を調べることはできないだろうし。

今回の敵の戦力を知っているのは、実際に戦った俺達と、あとは敵くらいのものだ。メイギス伯爵軍でさえ、直接敵の姿を見た者はほとんどいない。

「その資料には、何が書いてあるんだ？」

「『何も分からない』って書いてあるね。残りの文章は全部、何も分からない理由の説明だ。壊滅した王国軍の装備や周囲の地形とか、情報を知っていそうな人からの聞き取り調査とかね。特にライジス山頂の敵に関しては、一切《いっさい》の情報がない」

「帝国内部の調査はどうだ？　国内では俺達しか知らなくても、敵なら知っているかもしれない」

「今回の件に関して分かったのは、恐らくかなりの機密情報だってことだけだね。……具体的な機密情報の調査は、上手《うま》く行った試しがない。調査を始めてすぐに、調査員が行方《ゆくえ》不明になってしまうんだ」

なるほど。機密情報は探れないというわけか。

機密情報を扱う部署に、『サーチ・エネミー』などを使える者がいるのかもしれないな。

スキル一つで敵を見分けられてしまう世界は、スパイなどを使うのには致命的に向いていない。

王国では『サーチ・エネミー』というスキルは知られていなかったようだが、帝国は覚醒システムまで使ってきているのだから、それなりにスキルシステムへの理解はあると思っていいだろう。

ライジス活火山での戦いを見る限り、そのスキルを『使いこなせている』とまでは言えないようだが……とりあえず、発動できるスキルの数が王国の一般兵より多いのは確かだ。

敵を見分ける効果を持つスキルは他にもいくつかあるし、それらを敵が一つも使えないと考えるのは、流石に楽観的すぎるだろう。

「スパイによる調査はやめたほうがよさそうだな。無駄に死人を増やすだけだ」

「エルドも私と同意見か。……もし何か内偵の方法にアドバイスがあるなら、教えてほしかったんだが」

「相手がスパイを割り出している方法次第だが……敵がスキルをまともに運用できているなら、敵の内部にスパイを紛《まぎ》れ込《こ》ませようとするのは無理だと思った方がいい。機密情報を知っている奴《やつ》に個人的に接触して確認を取るくらいなら、成功する可能性もゼロとは言えないが……それにしても、少しでも怪しまれたらスキルで確認されて終わりだ。基本的には無理だと思うべきだろうな」

情報を持っていそうな人間への接触は、スパイ活動において基本中の基本と言っていい。

それでうまくいくのなら、このような相談にはならないだろう。

情報を持っている者に個別に『サーチ・エネミー』のようなスキルを持った者をつけているのか、あるいは他の方法を使っているのか……いずれにしろ、敵はスパイ活動への対抗手段を持っているというわけだ。

「……エルドに方法を教えてもらった後の、我が国と同じってわけか」

「ああ。そういうことだ」

サーチ・エネミーによるスパイの割り出し自体は、王国でも行っている。

王国は王宮の乗っ取りおよび国王の監禁という、スパイ活動の中でも最悪に近い被害を受けたことがあるので、スパイへの対策にはかなり重点が置かれているのだ。

スパイ対策の態勢構築には、俺も関《かか》わっている。


まあ、『サーチ・エネミー』はスパイとは関係ない、個人的に気に食わないだけとかの人間関係まで敵意として認定してしまうので、それに関して色々と問題があったりもするのだが……いずれにしろ、スパイを割り出すのはそう難しくない。

王国でも問題になったのはむしろ、スパイを見逃さないために監視を行う過程で、集まりすぎてしまう情報（諜報部の○○さんは上司のことが嫌いだとか）をどう処理するかだったりしたのだ。

人間関係に亀裂を入れかねないスキルなので、メイギス伯爵軍でも職務と関係のないところではできるだけ『サーチ・エネミー』を使わないように言っているしな。

「……ということで、手柄の算定はまったく進んでいないし、これからも進む見込みはないってわけだ。客観的な報酬算定ができない以上、交渉で決めるしかないかなと思ってね」

「そうだな。……となると、ベースになるような報酬案もないのか？」

「基本的にはそうなるね。私としては一応、戦功のあった騎士に与えられる褒美として最高のものを用意したいと思っている」

戦功のあった騎士に与えられる褒美として最高のもの……。

なんだか、あまりもらっても嬉《うれ》しくないもののような気もするな。

というか……それが何であるのか、想像がついてしまう。

「まさか、領地とか言わないよな？」

「大正解だ。領地の広さに応じた貴族位もセットになるね。最近は王国の領土が拡大することもなくなったから、領地をあげられる機会は本当に少なくなっている。特に、広くて優良な領地となるとね。……受け取ってくれるか？」

「領地はいらない」

国王の言葉に、俺は即答した。

領地経営の面倒くささは、メイギス伯爵たちを見て十分すぎるほど思い知っている。

「残念だ。せっかくいい領地が沢山手に入ったのに」

「……今回の戦争で、領地なんか手に入ったのか？」

今回の『戦争』は一応王国の勝利ということになるが、どこか新しい領地が手に入ったわけではない。

向こうからの攻撃を口実に攻撃を仕掛け、帝国領の一部を切り取るような案もあったらしいのだが……それをすると帝国と全面戦争になってしまう可能性も高いので、反撃は行わないことになったのだ。

敵国である帝国の覚醒スキル使い2人（山頂でスキルを使う前に倒された者が覚醒スキル使いだったとしたら3人）と、サンド・ストーム使い3人。

これらを倒し、帝国の戦力を削《そ》ぐことができたのが、ほぼ唯一の成果と言っていい。

もちろん敵の戦力を削ることは、戦争においては最重要項目と言ってもいいのだが……それによって直接的に王国が領地や財産を得るわけではないのだ。

にもかかわらず、ちょうどよく今のタイミングで領地が空いているというのはどういうことだろうか。


まさか帝国が負けを認めて、領地の一部を差し出した……？

流石にありえない気がするが、何かあったのだろうか。

「いや、領地が手に入ったのは、戦争とはまったく無関係だね。ここ最近は取り潰《つぶ》しになった貴族家が多くて、その領地が王家直轄領……つまり私の領地になっているんだ」

「……粛清でもしてるのか？」

「私は何もやっていないよ。王家はただ、勝手に自滅して崩壊した貴族家の事後処理をしているだけだ。……まあ、取り潰しになる直接的な理由は国への税金を支払えなくなったことだったりするから、全く関係ないわけじゃないんだけどね」

自滅……？

貴族家というのは、そんなに簡単に消滅するようなものじゃないような気がするのだが。

まあ、何か裏から手を回して崩壊させたような場合、しらを切る意味で『自滅』と言うことはあるかもしれないが……この国王は、そういうタイプではない気がする。

たまたま物凄い無能が後を継いでしまったとかで崩壊する家があるとしても、そんなに連続するとは考えにくいし。

「崩壊って……貴族家が取り潰しになるほどのことが、そんなに簡単に起こるのか……？　別に税率を上げたとかでもないよな？」

「普通は起こらないし、税金も昔と同じくらい……つまり、まともに領地を経営していれば十分に支払えるくらいだ。でもここ最近、それすら払えない貴族が急増していてね」

ふむ……。

となると、王国経済に何か大きな変化でもあったのか？

そう考えていると、俺は一つの可能性に思い当たった。

俺達は1年ほど前に、治癒薬の製造を独占し莫大な利益《りえき》を上げていたゲオルギス枢機卿を倒した。

ゲオルギス枢機卿自身は、最終的には俺達メイギス伯爵軍と戦って戦死した。

治癒薬の製造に関して行っていた非道な違法行為が明るみに出て、ゲオルギス家は取り潰され、領地はメイギス伯爵のものとなったのだが……そうなるまでのゲオルギス枢機卿は、国全体に影響を及《およ》ぼせるほどの力を持つ貴族だった。

治癒薬の独占による利益は莫大なものだっただろうし、そのおこぼれにあずかっていた貴族家があっても不思議ではない。

「もしかして、ゲオルギス枢機卿の関係か？」

「証拠がないから、言い切るわけにはいかないね。……私が知っているのは、彼らの金回りが急に悪くなって、あっという間に税金すら払えないほどに落ちぶれたということだけだ。……普通に領地経営をしていれば、払うのに苦労するような額の税金はかけていないんだけどね」

「……いつの間にか、枢機卿からの収入がある前提での生活になっていたのかもしれないな。……そんなことになって、領民は大丈夫なのか？」

「今は王家直轄領になっているから、ちゃんと立て直しが進んでいるよ。……そのために、急いで貴族家を取り潰したんだしね」

なるほど。

ゲオルギス枢機卿の事後処理は、今も着々と進んでいるようだな。

もしゲオルギス枢機卿がただ治癒薬を独占していただけだったら、俺達もわざわざ潰しにはいかなかった。

だが彼は治癒薬の製造に非人道的な手段を用い、さらに特殊職……ＢＢＯでいう上位職の弾圧に力を入れていた。

スキルなどに関する知識を考えると、ゲオルギス枢機卿は帝国と繋《つな》がっていた可能性も高いだろう。

いなくなった影響が今でも続いているというのは、ゲオルギスがそれだけ強く王国の中枢に関わっていた証拠だな。

「それで……領地がいらないとなると他の報酬が必要になるけど、難しいのはエルドが何を欲しいのか分からないところだね。金なら実力でいくらでも稼げるだろうし、必要なものは何でも自分で何とかしてしまいそうだ」

「いや……何でもってわけにはいかないな。魔物素材くらいなら何とかなるが、装備とかはそうもいかない。鍛冶仕事はできないからな」

ＢＢＯには俺のような戦闘特化型のプレイヤーがいる一方で、生産型スキルに特化した生産職たちがいて、彼らが装備を作ってくれていた。

だが、この世界ではそれは不可能だ。メイギス伯爵領でも育成は進めているが……実用レベルになるにはまだまだ時間がかかる。

俺が今使っている杖《つえ》は、マキシア商会が俺に売ってくれたものだ。

この杖は今の世界で手に入るものとしては優秀で、領地で作れるものとは比べ物にならないほど性能は高い。

今もミーナに頼んで、めぼしい杖は見せてもらっているが……正直なところ、これより強いものは見つかっていないというのが現状だ。

とはいえ、国の宝物庫となれば話は別かもしれない。

何しろ宝物庫といえば、中にあるのは国宝級の装備とかだからな。

たとえもらうのは無理でも、貸してもらうだけでも相当の戦力向上が見込めるだろう。

特に期待しているのは、防具や装飾品といった装備だ。

杖は今すでにそれなりのものを持っているが、防具や装飾品などの装備に関しては、今はつけてすらいない。

市場に出回っているものの性能があまりにも酷《ひど》すぎて、重量増加のデメリットのほうが大きいので、つけないほうがマシだからだ。

だが、低性能な装備しか持っていないということは、伸びしろが大きいということでもある。

覚醒スキルは優秀だが、装備にも同じくらい理不尽な性能を持ったものは沢山ある。

そのうちの一つでも手に入れれば、覚醒スキル持ちを力押しだけで圧倒できる可能性も高い。

逆に俺が強力な装備を入手しないまま、敵が強力な装備を入手した場合……俺は単純な魔法やスキルの性能という面で、大きなハンデを抱えることになる。

戦略次第ではひっくり返せる差の可能性もあるが、それすらできない可能性も否定できない。

今までは相手の戦略の弱点をついて人数差などの不利をひっくり返すことも多かったが、これからも戦闘技術の低い相手ばかりだとは限らないしな。

そういった問題を避けるためには、先にこちらが武装を固めてしまうのが一番だ。

敵の戦力がどの程度かを推測するのは難しいが、自分の戦力を上げておいて困ることはないからな。

「装備か。確かに宝物庫には、珍しい物が沢山置かれているけど……正直なところ、あまり実用的なものはないかもしれない。普通に実用的で強力な装備は、宝物庫じゃなくて軍で使うからね。……欲しいものがあれば王国軍で使っているものをあげられるように調整するけど、何か欲しい装備はあったりするかい？」

「いや、特にこれといって欲しい物が決まっているわけではないな。何があるか見てみないことには、何が欲しいとも言いにくい」

正直なところ、欲しいアイテムは山ほどある。
だが欲しいアイテムのＢＢＯ《ブロークン・バランス・オンライン》での名前を言ったところで、恐らく誰もわからないだろう。

そもそも、この世界でも同じ名前で呼ばれているかどうかすら分からないしな。
ほとんどのアイテムは、そもそもこの世界に存在すらしない可能性も高い。

何しろ強力なアイテムのほとんどは、大量の素材と複雑な過程によって作り出すもので、たまたま手に入ったりするものではない。
この世界で出回っている装備のレベルを見る限り、そういったものを作れる技術を持つ人間は、ほぼいないと言っていいだろう。

作れる奴がいないものが、存在するわけもない。
……まあ、昔は作る技術があっていつの間にか廃《すた》れてしまったとか、ごく一部の職人だけが作れるなら話は別だが。

俺が今使っている杖は、そういった類《たぐい》のもののような気がするし。

ただ、『英知の石』のように魔物から直接入手できるものに関しては、この世界でも手に入る可能性がある。

俺が欲しいのはむしろそういった、この世界では使い道が分からずに放置されているようなものだ。

装備類に関しても、思いがけない掘り出し物があったりするかもしれないしな。

「なるほど……エルドが欲しがるようなものがあるかどうかわからないけど、とりあえず宝物庫に入ってみるかい？」

「いいのか？」

「ああ。珍しいだけで使い道のないものがほとんどだけど、もしかしたらエルドなら私たちが知らない使い方をできるかもしれないからね」

珍しいだけで使い道のないもの……か。

それは期待が持てそうだな。

分かりやすく強いものより、一見使い方の分からないものが強いというのは、よくあるケースだ。

俺が使っている杖も賢者専用で、この世界にいる一般的な『魔法使い』にとっては、安物の杖にも劣る性能だったりする。


逆に、すでにこの世界で『実用的』とされているものに関しては……王国軍の強さを見る限り、あまり期待はできないだろう。

それが本当にＢＢＯ基準で強いのであれば、『サンド・ストーム』を使えるだけの賢者３人に手も足も出ないなんてことはないはずだ。


……さらに言えば、この王宮は一度敵に占領されているからな。

もし誰でも分かるような超強力なアイテムがあるのなら、真っ先に敵に奪われているだろう。

まあ、敵が気付かないような、分かりにくくて強いアイテムがあることを期待するしかないな。


「見せてくれ」

「分かった。早速案内しよう」

「国王が直々にか?」

「何を報酬にするかの交渉も、その方がやりやすい」

そう言って国王は、席を立った。

王国が今まで貯め込んだ珍品の数々、見せてもらおうじゃないか。

第四章

The Invincible Sage in the second world.

04

それから少し後。

俺達《おれ》は王国宝物庫の前にいた。

宝物庫を管理する騎士の手によって、重厚な扉が開かれる。

すると……まばゆいばかりの金貨の山や、何やら貴重そうな宝石など……ひと目で貴重品だと分かるような品々が、俺の目に入った。

一つや二つ持って帰っても、気付かれそうにない量だ。

まあ、別に盗む気はないのだが。

「大した量だな……敵は王宮を乗っ取った時、中身を奪わなかったのか？」

「あの事件の後、すぐに中身は確認をしたけど……何も盗まれていなかったみたいだ。宝物庫の先代管理人が王宮の占領に気付いて、鍵《かぎ》を隠してくれたおかげだね」

「先代ってことは、死んだ……いや、殺されたのか？」

「ああ。私は彼の最期《さいご》を見ていないが……鍵の在り処《ありか》を最後まで吐かなかったと聞いている。惜しい騎士を亡くしたよ」


鍵を守って死んだのか。

凄《すさ》まじい忠誠心だな……。

そこまでの忠誠心を持った兵士は、メイギス伯爵軍にもほとんどいないかもしれない。

「鍵がなくても破壊する方法はありそうだが……そこまではしなかったんだな」

「壊すとなると、かなり大掛かりになるからね。……彼らは外に気付かれないように、国を乗っ取ろうとしているような節があった。宝物庫を壊すことで、外部に噂《うわさ》が立つのを嫌がったんだろう」

「あくまで目的は国自体ってわけか。……まあ、国ごと乗っ取りに成功さえしてしまえば、後で宝物庫なんて何とでもできるからな」

「ああ。……実際に、その乗っ取りは成功しかけていた。エルドが来なかったら、恐らくあのまま国ごと乗っ取られていたよ」

確かに、その可能性は高いな。

そう考えると、この国も随分と安定したものだ。

サチリスの『サーチ・エネミー』に引っかかったのも、個人的な恨みなどで説明が付く程度の数だったし。

などと考えつつ、俺は近くにあった剣に目をやる。

金で覆《おお》われ、宝石がところどころにあしらわれた、見事な細工《さいく》の剣だ。

「……その剣に興味があるのかい？」

「芸術品としては大したものだな。……宝物庫にあるものは、実用的ではないと言っていた意味が分かった」

「ああ。つまり、こういうことだ」

そう言って国王は、周囲を見回す。

周囲にあるのは、腕のいい職人が作ったであろう装備や装飾品の数々。

しかし、ほとんどはただの装飾用というか、芸術品といった雰囲気で……戦闘に使うようなものだとは思えない。

もし日本で同じようなものを国が沢山持っていたら、税金の無駄遣いだとか糾弾されてしまうだろう。

まあ、国力を誇示するのも外交上意味があることなので、この世界では必要なことなのかもしれないが。

「こういうのって、今も作ってるのか？」

「いや、今はほとんど作っていないね。国王の代替わりの時には作ることになっていたけど……例の事件でうやむやになっているし、今更作ることもないかな」

「過去の遺物ってわけか。……こういうのじゃない、もっと地味で使い道の分からないものはどこにある？」

「こっちだ」

国王はそう言って、宝物庫の一角に俺を案内した。

そこにあったのは、古ぼけた装備や、何に使うのかすらよく分からない金属製の装置（恐らく壊れている）などだ。

宝物庫の他の場所にある品々は、それなりにきれいに並べてあるが……このあたりの品は、無造作に箱に詰め込まれているようだ。

あまり宝物庫らしくないといえば、宝物庫らしくない品々だな。

「宝物庫には、こういうものもあるんだな」

「ああ。主に遺跡からの出土品や、昔の貴族からの献上品だね。なぜここにあるのか、私もよく分かっていないんだけど……恐らく、昔の国王とかが集めた品だと思う。宝物庫にふさわしくないから処分しようって話もあったんだけど、何故《なぜ》宝物庫に入っていたものなのかが分からないと、処分してしまうのは難しいからね」

なるほど。

確かに……一見ゴミに見えても、実は昔の国王の形見だったとかの可能性もあるのか。

外国から友好の証《あかし》として送られたようなものだったら、捨てたりしたら国際問題になる可能性もあるし。

「……要するに担当者がいなくなって、処分していいかすら分からなくなったゴミを集めたのがここってことか」

しかし、正体の分からないものを宝物庫の中に入れておくのも、防犯上どうなのだろう。

危険な魔道具などが混ざっていても、気付けないような気がするのだが。

「そんなところだ。中には貴重なものもあるかもしれないけど、少なくとも私達には価値の分からないものだ。……エルドの目からみると、違って見えたりしないかい?」

「ゴミだな。何に使うのか全く分からないものばかりだ」

ＢＢＯに存在したアイテムは一通り覚えているつもりだが、今見える位置にあるのは少なくとも全《すべ》て、その知識にはないものばかりだ。

特に、重要な品なら絶対に覚えているはずなので、もしＢＢＯに存在したのと同じアイテムがあったとしても、重要ではないものだろう。

「……エルドでも分からないなら、もう処分してしまってもいいかな？」

「いや、俺が分かるのは戦闘に使えるかどうかだけだから、歴史的な価値とかは分からないぞ。……実は歴史的に貴重な品とかが潜り込んでいる可能性もある。……何かあるかもしれないから、触ってみていいか？」

そう言って俺は、沢山のガラクタが詰め込まれた箱に近付く。

見える範囲にはゴミと思《おぼ》しき物しかなかったが、無造作に詰め込まれているだけあって、ただ見ただけでは全てのガラクタを見渡すことはできない。

勝手に国宝……ということになっている可能性もあるガラクタを、勝手に触るわけにはいかないからな。

「もちろん大丈夫だ。うっかり壊してしまったとしても、見なかったことにしよう」

「……そんなんでいいのか？」

「この区画に限っては問題ない。何しろここに何があるか、私ですら把握していないんだから」

「宝物庫の管理人が作った、目録くらいはあるんじゃないのか？」

「確かにあるけど、形とかの特徴が書かれてるだけだね。よく似た偽物《にせもの》に取り替えたって、誰《だれ》も気付かないはずだ」

うーん、管理があまりにも杜撰《ずさん》だ。

まあ、何か一つでもいい物があれば儲《もう》けものだな。

そう考えつつ俺は、ガラクタの入った箱から中身を一つずつ取り出していく。

すると……早速一つ、ＢＢＯで見た覚えのあるアイテムを見つけた。

「お、これは知ってるぞ」

「いいものを見つけたか？」

「……使いこなせるなら、強力な品だな。だが、扱える奴《やつ》がいないかもしれない」

俺はそう言って、小さな球にごちゃごちゃと部品がくっついたような機械を手に取る。

これは『高濃度魔力浸透機』という、上位の生産設備に使われる装置だ。

必要な生産スキルと、これに組み合わせて使う装置がなければ無用の長物だが……これを使って作られるアイテム達は、どれも極《きわ》めて強力だ。

中でも『エピック装備』と呼ばれるものは、どれも文字通り桁《けた》の違う性能を誇る。

特に、一般的な装備のレベルが低いこの世界では、それこそ一つでも戦略兵器になり得るだろう。

そういった装備を集めることに成功した人間がいた場合……下手をすれば、たった一人で国を滅ぼせる可能性すらある。

魔力切れの問題も、装備によっては暴力的なまでの性能によって解決してしまうからな。

例えば少量の魔力で連射の可能な『ファイア・ボム』が『スチーム・エクスプロージョン』並の威力になった場合、魔力切れ狙《ねら》いはもはや現実的ではないだろう。

たとえ寝込みを襲う作戦を狙ったとしても、その前に襲撃部隊が全滅している可能性が高い。

そして……さらに重要なのは、これを作った人間の存在だ。

ＢＢＯではこのアイテム自体を作るのにも、それなりに高ランクの生産系スキルが必要だった。

『英知の石』などとは違い、魔物から取り出してそのまま使うというわけではないのだ。

そのため、もしＢＢＯと違って『高濃度魔力浸透機』が直接どこかで手に入るのでもない限り、誰かがこれを作ったことになる。

一体誰がこれを作ったのだろうか。

もし作った人がいたなら、そこには作った理由があったはずだ。

つまり『高濃度魔力浸透機』が必要になる、高ランクの装備を作れるような者が、どこかにいたことになる。

現在の世界に出回っているものを見る限りは、恐らく全く普及はしていないが……一人いるのと一人もいないのでは、全く話が違うからな。

「これって、どこで手に入ったものかは分かるか？　誰が作ったか……分からなければ、せめていつ手に入ったものかだけでも知りたい」

「残念ながら、この区画にあるものは基本的に、なぜここにあるのかすら分からないものがほとんどだ。……だが、できる限りの調査をしよう。少し時間が欲しい」

「助かる」

現在分かっていないということは、あまり情報に期待はできないかもしれないが……まったく情報が手に入る望みがないのなら、国王は時間が欲しいなどと言わないだろう。

人によっては真剣に調べさせたふりをするために、わざと時間をかけるような人間もいるかもしれないが……国王はそういうタイプではないと思うし。

「これ、報酬として持っていくかい？」

「いや……これ自体は、俺にとっても使い道のないものだ。扱える人間が現れたら必要になるかもしれないが、今のところは必要ない」

『高濃度魔力浸透機』は当然ながら、扱うのにも高レベルの生産スキルが必要だ。

今のところ、その域に達した生産職の知り合いはいない。

メイギス伯爵領では、スキルを使う生産職の育成も進んではいるが……これを使えるレベルに達するには、10年近い時間がかかってもおかしくないところだ。

つまり、俺にとってもこの品は、使い道がないというわけだ。

「分かった。じゃあこれは、必要な時に渡せるように管理しておこう。必要になったらいつでも言ってくれればあげるけど、今回の褒美としてはカウントしないから安心してほしい」

「……今は使い道がないとは言っても、一応は王国の宝物庫にあるものがそんな管理でいいのか？」

「まあ、エルドならその頃《ころ》には他の功績がいくらでも積み上がっているだろうし、渡す理由は何とでもなるさ。というか君の功績を考えると、そのうち君への報酬だけで宝物庫が空っぽになっても文句は言えないくらいだ」

「そんなによこせとは言わないから安心してくれ。使い道のないものをもらっても仕方がない」

「エルドが無欲で助かったよ。……まあ、財産ならとっくに一生かかっても使い切れないだけあるだろうから、欲を出す必要がないだけかもしれないけど」

いや、普通に欲はあるけどな。

欲しい物がないからいらないというだけで、宝物庫が欲しいものだらけだったら、『これ全部くれ』とか試しに吹っかけてみるつもりだったし。

受け入れられるかは分からないが、言うだけならタダだし。

「さて……掘り出し物探しに戻るか」

とりあえず、さっきの品は情報的な価値はあったが、別に欲しいものではなかった。

宝物庫に残った物の中に、欲しいものがあればいいのだが。

そんな事を考えつつ、俺はガラクタの山を一つずつ手にとっては、役に立つものかどうか調べる作業を続ける。

その途中で……ついに見つかった。

「これ、使えるかもしれない」

俺がそう言って手にとったのは、装飾の施された小さな釘《くぎ》のようなものだった。

そのままでは、ちょっとした大工仕事の役にしか立たなそうな品だが……これは『エンチャントシャフト』と呼ばれる、一種の強化アイテムだ。

『高濃度魔力浸透機』と大体同じくらいのレベルの製造スキルによって作られるものだが……

これは『高濃度魔力浸透機』と違って、生産スキルがなくとも使うことができる。

武器に打ち込むことによって、任意の特性を付加できるアイテムだ。


これは単純な威力の強化などにも使えるが……正直なところ『スチーム・エクスプロージョン』の威力は、すでに一人で扱いきれる限界近くに達している。

威力を上げたとしても、かえって扱いにくくなる可能性も高いだろう。

今でさえ、威力過剰で扱いにくい時にはスキルレベルリミッターでわざと威力を落としたりしているくらいなのだから。


だが……『エンチャントシャフト』などを使って強化した装備を使うと、今までの『スチーム・エクスプロージョン』による力押しとはまた違った戦い方ができるようになる。

長時間の遠隔操作によって、攻撃や攪乱が可能な……まるで無人戦闘機のような魔法を多数同時に展開する、賢者の特殊な戦闘スタイル。

ＢＢＯでは『空母型賢者』などと名付けられていた戦闘方法だ。

もちろん、流石《さすが》に『スチーム・エクスプロージョン』ほど強力な魔法を転送できるわけではないが……単純な1分あたりのダメージ量という観点で見た『空母型賢者』の火力は、実のところ『スチーム・エクスプロージョン』よりも高かった。

そもそも『スチーム・エクスプロージョン』は再発動に60秒もかかってしまうので、大きなダメージを継続して与えるのには向いていないのだ。

今までは1発の『スチーム・エクスプロージョン』でカタがついてしまう相手が多かったので、火力の不足が問題になることはなかった。

しかし、敵が覚醒《かくせい》スキルを使ってくるとなると話は別だ。

山頂での戦いで、俺は敵の攻撃を60秒間やり過ごし、2回目の『スチーム・エクスプロージョン』発動を間に合わせた。

その上、敵を倒すこと自体はできたものの、敵の『エーテル・ウォール』は最後まで崩れなかった。

もし敵がもう少し『上手に』戦っていたら、俺は殺されていただろう。

例えば『エーテル・ウォール』の守りに固執せず、俺を直接視認できる位置に回り込んで攻撃するだけでも、だいぶ状況は変わっていたはずだ。

流石にそれだけで負けるというわけではないが、少なくとも、あんな簡単にはいかなかった。

だが『空母型賢者』の火力があれば、2発目の『スチーム・エクスプロージョン』を待つことなくカタをつけられた可能性は十分にあった。

そうでなくとも、時間稼ぎという意味でも攻撃能力の向上は非常に有効だ。

高威力の攻撃を放つことができれば、敵はその対処に追われ、俺が受ける攻撃もやわらぐことになる。

攻撃は最大の防御……などという言葉もあるが、火力の増強が防御面の問題も解決することは珍しくないのだ。

特に、遠隔操作によって賢者本人の位置取りと関係なく火力を発揮できる『空母型賢者』は、『防御のための攻撃』にも最適と言えるだろう。

さらに言えば、別に『空母型賢者』だって、『スチーム・エクスプロージョン』を使えないわけではない。

『空母型賢者』として戦いながら、60秒ごとに『スチーム・エクスプロージョン』を撃つことだってもちろん可能だ。


利点だらけに見える『空母型賢者』だが、当然デメリットもある。

それは単純に、必要な装備とスキルを揃《そろ》えるのが難しいことだ。


まあ、俺がこの世界に来た当時には簡単に揃うようなものになっていたのだが、『空母型賢者』が流行《はや》り始めた当時は、作るのが非常に難しかった。

当時のＢＢＯでは、『空母型賢者』は上位プレイヤーの象徴として扱われていたくらいだ。


まあ、上位プレイヤーを真似《まね》て『空母型賢者』のコンセプトを真似る一般プレイヤーもいたのだが……装備の揃っていないそれらは、悲しいほど弱かったのだ。

それこそ、普通のタイプの賢者を作っていたほうが遥《はる》かに強いくらいに。


だから俺も今まで、遠隔操作型の魔法など一度も使わずに戦ってきた。

上位プレイヤーの『空母型賢者』と一般プレイヤーの間に、それほどまでの差ができた理由が、まさにこの『エンチャントシャフト』だ。

これによって遠隔操作型の魔法は、別物と言っていいほどの性能を発揮する。

まあ、エンチャントシャフトというのは、手に入れてそのまま使えるような代物ではないのだが。

「その釘……みたいなものが、なにかに使えるのかい？」

「ああ。俺が更に強くなるために、これは使えるかもしれない。……問題は、そのための準備ができるかどうかだが」

「準備……何が必要なのかは分からないが、私にできることなら協力しよう。エルドの力が増すことは、我が国にとっても極めて大きいプラスになるだろうしね」

国王の協力が得られるなら、準備はだいぶやりやすくなりそうだな。

とはいえ、準備がどのくらいの難易度なのかは、この世界の状況にもよるのだが。

転職なら教会、覚醒なら『活火山』、『サンド・ストーム』なら砂漠というように、何かをする時に専用の場所に行く必要があるケースが、ＢＢＯでは珍しくない。

エンチャントシャフトにも、そういった場所……『付与の祭壇』という場所が存在する。

そこで必要な能力を『付与』することによって、エンチャントシャフトは初めて効果を発揮するのだ。


エンチャントシャフトに付与できる効果は多岐にわたる。

最も単純なものでいうと、攻撃力の強化などがメジャーだろう。


一般的なエンチャントシャフトに魔法攻撃力強化を付与すると、それがない場合に比べておよそ30％増しの火力を発揮できる。

3割というと、数字的には地味に感じるかもしれないが……MMOをやったことのある人間なら、たった一つの装備で30％も攻撃力が上がってしまうことの恐ろしさはよく分かるだろう。


しかし、それですら地味に感じるほどの性能を持つ……バランス崩壊レベルのエンチャントも、他にいくつか存在する。

もちろん、それら全てを付与するようなことはできないので、どれが必要なのかを慎重に判断し、選ぶ必要があるわけだ。

無数にあるエンチャントの中から、必要なものをエンチャントシャフトに付与する……それが『付与の祭壇』の役目だ。

この儀式自体は、全く難しくない。

必要な能力を選ぶのも、やり方さえ分かっていればすぐだ。

問題は、『付与の祭壇』の場所が、他の物に比べて分かりにくいことだ。

付与の祭壇というものは、森の中や迷宮の中、果ては海底神殿の中といった様々な場所に存在する。

……とだけ言うと、いろいろな場所で付与が行えて便利なように思えるが、実際は逆だ。

目立つ目印がなく候補となる場所が多いにもかかわらず、ＢＢＯで発見された『付与の祭壇』の数はエンチャントに使える『活火山』と大差なかった。

ＢＢＯではプレイヤー同士の情報共有が盛んだったので、比較的簡単にいくつかの場所が特定され、付与作業自体は簡単になっていた。

場所を秘匿《ひとく》して自分たちだけで使おうとした集団もいくつかあったようだが、祭壇は１つあれば無限に使えるため、一つの祭壇の場所が公開されてしまえば、二つ目以降を秘匿する意味はなかったのだ。

移動手段もこの世界よりはるかに便利だったし、その祭壇がはるか遠くにあっても、特に気にする必要はなかったのだ。

だが、この世界はBBOのようなゲームとは違って、運営からのヒントなどない。

文字通り世界中から、祭壇を探し出さなければならないわけだ。

移動手段も極めて貧弱で、国内移動ですら何週間もかかることもザラだ。

俺が王都に移動する船に乗ろうとしたときには、300万もの金を必要としたくらいだしな。

たとえ場所が公開された『付与の祭壇』があったとしても、それが世界を半周した先にあったりしたら、たどり着くだけでどれだけ苦労するかは想像もつかない。

とはいえ……いいニュースがまったくないわけではない。

この世界で『付与の祭壇』を探す難易度はBBOに比べてはるかに高いが、代わりにこの世界には長い歴史がある。

世界が歩んできた歴史がどのようなものかは知らないが、俺以外の賢者が存在したり、覚醒スキルの習得方法を知っている者がいたりすることを考えると……この世界にある情報も、そこまでバカにしたものでもないだろう。

何百年、何千年もの時間があれば、たまたま『付与の祭壇』を見つけた者がいても、まったく不思議ではない。

発見者が『付与の祭壇』の重要性に気付いたかどうか、その情報が今まで残っているかどうか、情報を持っている者が友好的かどうか（サンド・ストームや覚醒スキルを使おうとしていた者たちは、どう見ても敵側だった）などといった問題はあるが、それに関しても手がかりはある。

それが今、俺の目の前にあるエンチャントシャフトだ。

エンチャントシャフトは極めて貴重な材料から高度なスキルを用いて作られるもので、そのへんに落ちているようなものではない。

偶然できるようなものでもないし、使い道を分かった者が、何らかの目的を持って作ったものだと考えていいだろう。

当然、付与を行わなければエンチャントシャフトに使い道などないので、付与する手段も用意していたはずだ。

つまり……このエンチャントシャフトが見つかった場所に関する情報から、祭壇を探すことができる可能性がある。

見つかった場所の近くの、それっぽい場所にあるという可能性も高いだろう。

何しろ、エンチャントシャフトのような貴重品を紛失する可能性の最も高い場所は、祭壇に向かう道の途中だからな。

作る場所に条件はないので、工房は安全な場所にあるはず。

輸送や取引に関しても、これが貴重品であることを考えると、価値の分かる者は安全な場所でしか行わないだろう。

それに対して、祭壇は基本的にそこそこ危ない場所にあり、移動させることはできない。

付与を行おうと思えば、そんな場所にエンチャントシャフトを持っていかざるを得ないのだ。

その途中で運搬者が事故にでも遭った……というのが、エンチャントシャフトが紛失するシナリオとしては最も考えやすい。

特に今回ここにあるエンチャントシャフトは、未付与の状態。

そのままでは使い道がないものなので、付与以外の目的で持ち出される可能性も低いはずだ。

そう考えると……落ちていた場所から祭壇の場所を推定できる可能性は、極めて高い。

問題は、その場所が分からないことだが。

「ここにある品って、どこから出てきたか分からない物が多いんだよな?」

「ああ。場所はおろか、なぜここにあるのかすら分からないものばかりだ。……もし、ちゃんと詳細が分かった品であれば、こんな扱いにはなっていないからね」

「もし、このエンチャントシャフトが手に入った場所に関する情報が必要だと言ったら……何か手がかりはあるか?」

俺の言葉を聞いて、国王は少し考え込む。

そして……難しい顔で答えた。

「正直なところ、あまり自信はないが……可能な限りの努力をすると約束しよう」

うーん。

あんまり期待はできないかもしれないな。

まあ、元々が情報のない品なので、仕方ないかもしれないが。

「ちなみに、調査を行うにあたってだが……この釘が重要な品だという情報は、広まっても問題ないか？」

「……調査に必要なのか？」

「ああ。まずは内密に手に入れられる情報を洗わせたいところだが……信用できる人間以外の手を借りられないとなると、情報源がかなり限られることになる。もし情報が広まってもいいのなら、調査の範囲を広げられる」

なるほど、調査に使える人間の幅が広がるというわけか。

『絶望の箱庭』などが、エンチャントシャフトについてどこまで知っているかは分からないが……余計な情報を与えた結果、変な横槍が入ることはできれば避けたいところだ。

俺がエンチャントシャフトを手に入れたという情報も、隠せるなら隠せるのが望ましい。

しかし情報がないのに比べれば、横槍が入るほうがはるかにマシだ。

情報不足が相手では賢者の戦力など何の役にも立たないが、横槍なら蹴散《け》らせば済む話なのだから。

そもそも隠すほどの情報は、俺達だって持っていないしな。

もし敵が祭壇の在り処を知っているとしたら、むしろ多少は情報が流れたほうが、祭壇を守ろうとする動きから場所を割り出せたりするかもしれない。

とはいえ、調査に支障の出ない範囲でなら、情報は隠したいところか。

特に、エンチャントシャフトを使うのが俺だという情報は伏せたい。

「もし調査に必要なら、情報が広まっても大丈夫だ。……だが、これが俺に強くなるための品だということとは伏せてほしい」

「分かった。調査目的は適当にでっちあげておこう。それと……いくつか他のよく分からない国宝に関しても、同時に調べさせるのがいいかな。調べさせるのがこの釘だけだと、釘が特別なものだと簡単に分かってしまうからね」

「それで頼む」

さて……これでどんな情報が得られるかだな。

少しでも手がかりが見つかれば、儲けものといったところか。

国王の口調からすると、あまり自信はなさそうだったが……まあ、王国の情報網に期待だな。

運が良ければ、思いもよらぬところから情報が出てくるかもしれないし。

「調査にはどのくらい時間がかかる？」

「作業自体は、今日すぐに始めさせる。実際にどのくらいの期間で結果が出るかは分からないが……まずは1週間、手がかりを探させてほしい」

「分かった」

こうして俺は国王の調査を待つことになった。

今まで何の情報もないまま放置されていた品の情報を、どうやって探すのかは分からないが、国王の力に期待することにしよう。

国家ほどの組織にもなれば、俺には想像もつかないような情報網があったりするかもしれないし。

第五章

05

The Invincible Sage in the second world.

翌日の夜遅く。
俺《おれ》が宿で地図を眺め、エンチャントシャフトの場所について考えていると……ふいに扉がノックされた。

こんな時間の来客に心当たりはない。
そもそも、俺がこの宿に泊まっていると知っている人間は、そう多くないだろう。
もしや……国王からの使いだろうか。
まさか、もうエンチャントシャフトについての情報が届いた。
そう考えて扉を開けると……そこには一人の女性が立っていた。
女性はギルドの制服を着ている。
恐らく受付嬢だな。

これは、緊急の依頼か何かか？
それにしても、いきなり受付嬢が家まで来るようなことは今までなかったが……。
しかも、こんな真夜中に。

などと考えていると、受付嬢が口を開いた。

「夜分遅くにごめんなさい。協力していただきたいことがあってお邪魔しました」

「協力って……俺にか？」

「はい。他にも沢山の方々にご協力頂く予定です」

ふむ。
随分と大掛かりな話みたいだな。
わざわざ宿まで押しかけてくることを考えると、かなりの緊急事態なのだろうか。

そう考えていると受付嬢は、1枚の紙を俺に見せた。

「この絵に描かれているものに、なにか心当たりはありませんか？　何でもいいので、知っていることがあったら教えてください」

その紙には……俺が昨日国王に調査を頼んだ『釘《くぎ》』……エンチャントシャフトを含め、いくつかの品の精密な絵が描かれていた。

いろいろな角度から、細部まで分かるような絵が描かれているのだが……この紙、おそらく印刷じゃないな。

素人《しろうと》が描いたとも思えない絵だが、画家かなにかに頼んだのだろうか。

……調査にあたって情報が広まってもいいのか……というのは、こういう話だったんだな。

国王は秘密の情報網などではなく、地道な聞き込み調査を選んだというわけだ。

調査を頼んだ俺自身にまで調査員が回ってきたというのは、おそらく調査対象を絞ることなく、とにかく片っ端から聞きまくれとでも命令しているのだろうな。

短時間で情報をかき集めるなら、それが一番手っ取り早い。

王都に住んでいる人間の数を考えると、一人くらいは何かしら知っているかもしれないし。

もちろん、効率という面では限りなく最悪に近い方法なので、凄《すさ》まじいコストと人員が必要になるわけだが。

「この国の成り立ちに関係する品だということです。詳しいことは私達も知らされていませんが……極《きわ》めて重要な調査だそうです」

「何でそれをギルドが調査してるんだ？」

「ギルドだけじゃありません。騎士団や衛兵さんから庭師さんまで、とにかく全方面に調査の命令が下っている……そう言えば、調査の重要性が分かって頂けるでしょうか」

総動員か……。

調査開始翌日からここまでやるあたり、国王は『可能な限りの努力をする』という約束を、本気で守ってくれているようだな。

調査の目的もちゃんと隠されているし、ダミーの調査対象もある。

大勢の調査員に、手描きの絵を持たせて回ることを考えると気が遠くなりそうだが……画家なども大勢動員しているのかもしれない。

印刷機がない世界での聞き込み調査となると、そこまでする必要があるわけだ。

「重要度は理解した。だが……残念ながら心当たりがないな」

「ありがとうございます。では、失礼します」

そう言って受付嬢は俺の部屋の前を去り、隣の部屋の扉をノックした。

やはり片っ端から聞き込みに回っているようだな。

さて……これだけやってくれているのだから、何かしら情報が出てきても全く不思議ではないな。

期待して待っておくことにしよう。

◇

それから数日後。

俺は国王に呼ばれて、ふたたび王宮へと来ていた。

「待たせてすまないね。あの釘の調査にとりあえずの結果が出たから、伝えておきたかったんだ」

「場所が分かったのか？」

「ああ。大まかな場所だけどね。……あの釘はおそらく、帝国国内の遺跡から出土したものだ」

……遺跡か。

付与の祭壇があっても、何の不思議もない場所だな。

どうやら入手元の場所が祭壇に関係しているという予想は、当たっていた可能性が高いようだ。

だが、場所が問題だな。

帝国といえば、今まさに戦争中の相手だ。

一応、前回の侵攻についてはカタがついているため、現在進行系で交戦しているというわけではないが……王国にとっての敵国といえば帝国、という程度に仲の悪い国であることに間違いはない。

単に外交上仲が悪いというだけならいいが、王宮の占拠やゲオルギス枢機卿《すうききょう》の裏についていた帝国には、『絶望の箱庭』が関《かか》わっている可能性も高い。

その領地に付与の遺跡があるとは、どうやら俺はあまり運がよくないようだ。

なにかの間違いだといいんだが……。

「どうして帝国から出てきたものが、王国にあるんだ?」

「王国と帝国の共同で行われた、遺跡調査での出土品……とのことだ。王国と帝国の間に、まだそれなりに繋《つな》がりがあった時代だな」

「それって、どのくらい前だ?」

「80年ほど前だな。当時を知る老冒険者の何人かから、証言が得られたらしい」

80年か。

長いのか短いのか微妙なところだな。

人間にとってはほとんど一生のような時間だが、国家にとってはそこまで長くない時間のような気もする。

当時に関する情報も、『普通なら』残っているだろう。

だが……気になるのは、国王が俺に証言の話しかしなかったことだな。

もし王国に信用できる資料があるなら、そっちを話す気がするんだが。

「その調査には、王国も関わってたんだよな？　文献とかは残ってないのか？」

「……それが、まったく見つからなかったんだ」

「まったく？」

「ああ。王国の書庫を隅々まで探させたんだが……その遺跡調査の中身に関する文献は、一つも発見できなかった。調査の予算に関する痕跡は残ってるから、間違いなく調査は行われたはずだ」


なるほど、資料は残っていないというわけか。

その調査に関する資料だけうっかりなくした……という可能性も低いだろうし、資料がないのにはちゃんと理由がありそうだな。

思い当たることといえば……王宮が一時期、帝国によって占拠されていた時期か。


「資料は盗まれたんじゃないか？」


俺が初めて王宮に来た頃、王宮は帝国の回し者によって完全に占拠され、国王は傀儡《かいらい》と化していた。

その王宮を俺達が奪還して、今に至るわけだが……その時期、王宮は帝国がやりたい放題できる状況だった。

鍵《かぎ》の管理人の犠牲によって宝物庫は守られたようだが、書庫などはいじり放題だっただろう、

「私もそう思う。……王宮奪還の直後、書庫から何冊か王国と関係のない本が見つかっているんだ。恐らく帝国が重要だと判断された資料は、それとすり替えられたんだろう」

「……つまり帝国は、遺跡の調査に関する情報を重要だと判断したわけか」

となると……その場所に祭壇がある確率は、なおさら高くなるな。

それと同時に、絶望の箱庭がエンチャントシャフトについて気付いている可能性も高くなる。

しかし、当時から帝国がその重要性に気付いていたのであれば、帝国領での共同調査など行わなかったはずだ。

あとになってから、何らかの理由……例えば『絶望の箱庭』からの情報などで、その情報を知ったのだろう。

だからこそあのエンチャントシャフトが、王国にあったというわけだ。

と、ここまで推測は立つが、問題はどうやって付与を済ませるかだな。

向こうが資料まで盗み出している以上、俺が観光客かなにかのふりをして遺跡に行って、こっそり付与する……みたいな手段は通用しないかもしれない。

遺跡自体の警備が、どのくらい厳重か……という問題はあるが、あまり油断はできないだろう。


そして俺の行く手を阻《はば》むものは、人間だけではない。

付与の祭壇が存在する遺跡は基本的に、特殊な魔物の出現する危険地帯だ。

油断していると、人間にばかり警戒しているうちに魔物の襲撃が……などといったことも十分起こりうる。


「調査について教えてくれた冒険者から、遺跡の中身についての話は聞けたか？」

「あまり詳しい情報はなかったみたいだ。……なにしろ80年も前のことだからな。普通は覚えていないだろう」

「それでも、少しくらいは覚えてないか？」

「ああ。中にトカゲの魔物がいたという話は聞いたが……それがなにかの情報になるか？」

トカゲの魔物か。

それは中々、悪くない情報だな。

ＢＢＯにはトカゲの魔物が出る場所が沢山あったが、遺跡となると数が限られる。

心当たりのあるタイプとしては、２種類くらいか。

まあ、もちろん魔物と遺跡の組み合わせが、ＢＢＯと同じならの話だが。

「ちなみに、そのトカゲの色は何色だった？」

「……トカゲの色が重要なのか？」

「ああ。分からなければ現地で見ればいいだけだから、どうしても必要というわけではないけどな」

ＢＢＯの遺跡や迷宮と魔物の組み合わせは、ほぼ全《すべ》て頭に入っている。

魔物の色だって、貴重な情報だ。

もしＢＢＯに存在しない組み合わせなら、それはそれで『ＢＢＯとは違う』という情報だしな。

「ちょっと待ってくれ。調査の結果はここにまとめてあるが、トカゲの色まで書いてあったかどうかは……あった」

国王は机の上に置かれていた書類に目を通すと、聞き取り調査の結果について書かれた場所を指す。

そこには遺跡の中には青い大きなトカゲの魔物がいて、調査隊が対処に苦労したと書かれている。

聞き取りを受けた老冒険者は魔物の名前まで覚えていなかったようだが、魔物の見た目は何十年も経《た》った今でも忘れないほど、印象に残っていたのだろう。

「青か……」

青いトカゲの魔物が出る遺跡には、心当たりがある。

行き先がそれと同じものだとは限らないが、ある程度の参考にはなる。

もしエンチャントシャフトの入手場所が俺の予想と同じなら、ＢＢＯで『傲慢《ごうまん》の古代遺跡』と呼ばれるタイプの遺跡だな。

ほとんど地下に埋まったような地形の中に、遺跡にしか出現しない特殊な魔物が湧《わ》く……いわゆるダンジョンに近い遺跡だ。

狭い地形が多いうえに視界が悪いため、付与の祭壇探しという意味では、あまりいい遺跡ではないが……まあ、調査にかかる日数が多少延びる程度で済むことを祈ろう。

祭壇を守ろうとする者にとっては、比較的守りやすい地形になることが多いので、帝国の横槍が入ると面倒だが。

「なにかの参考になったか？」

「ああ。いい情報が得られた。……この資料、もらっていっていいか？」

「大丈夫だ。そう言うと思って、写しも用意させておいた」

国王はそう言って、資料を俺に手渡した。
資料の厚さからして大した情報量ではなさそうだが、元々はエンチャントシャフト1本以外に何のヒントもない状態だったことを考えれば、これだけの情報が揃《そろ》っただけでもありがたく思うべきだろう。

「情報はこれで全部か？」

「そうだ。研究機関などに情報が残っていないか、急いで調べさせてはいるが……まだ時間がかかるとのことだ」

「分かった。……とりあえず情報はこれだけあれば十分だ。昔のデータを探し続けるより、実際に現地で調べたほうが早そうだしな」

研究所施設は王宮と違って帝国に占領されていないため、探せば少しは情報が残っていそうだが……その情報は、80年も前のものだ。
あてになるとは限らないし、いろいろ調べたところで結局は現地に出向くことになるのだから、あまりのんびりしていても仕方がないだろう。

などと考えていると……俺と国王が話していた応接室の扉がノックされた。
……国王が話をしている途中に割り込むとなると、ただごとではないような気がする。
国王も同感のようで、表情が一気に固くなった。

「入れ！」

国王の言葉とともに、扉が開く。
すると数名の兵士たちが、応接室の前で国王に敬礼をしていた。

「何があった？」

「はっ！　つい先程、王宮への侵入者を捕えたのですが……」

「侵入者か。そこまで珍しいことでもないと思うが、わざわざ緊急で報告に来たということは、何か理由があるのだな？　さては……あの釘を盗みにかかったのか」

「仰せの通りです」

……エンチャントシャフトを盗みに来たのか。

どうやら帝国の動きは、随分と早かったみたいだな。

あっさり捕えられているところを見る限り、そこまで質の高い工作員を派遣してきたわけではなさそうだが。

ところで……エンチャントシャフトは俺が持っているはずなのだが、泥棒は一体何を盗もうとしたのだろうか。

まあ、なんとなく予想はつくが。

「釘の偽物《にせもの》なんて作ってたんだな」

「ああ。帝国が盗みに来るかもしれないと思って、わざと偽物を運ばせていたのだが……こんなに早く引っかかるとは思わなかったな」

国王はそう言って、視線を兵士に移す。

「生きたまま捕えたんだな？」

「はい。賊は毒による自害を試みましたが、解毒が間に合いました。外部からの暗殺を避けるため、地下牢に拘束して警戒を行っています」

「よくやった。背後関係は洗えそうか？」

「ご命令とあれば、すぐにでも尋問を始められます。しかし躊躇《ちゅうちょ》なく自害を試みたところを見るに、吐かせるのは難しいかもしれません」

兵士の言葉を聞いて、国王は少し考え込む。

まあ、そもそも尋問を行ったところで、実行犯は大した情報を持っていない可能性も高いな。

重要な情報を持った人間にしては、捕えるのが簡単すぎるような気もする。

情報を吐かないように対策するより、最初から情報を与えないほうがずっと確実だ。

俺が帝国なら実行犯には『あの釘を盗んでこい』とだけ伝えて、その釘が何なのかなどに関する情報は、一切《いっさい》伝えないだろう。

たとえ王国が知っているレベルの情報だとしても、『帝国がそれを知っている』と教えてやる理由はないのだから。


そう考えると、たとえ自白薬のようなものがあったとしても、捕えた兵士から聞き出せる情報はないものと考えたほうがいいかもしれない。

だが今回に関しては……それとは別に、一つ気になることがある。

場合によっては、ちょっとしたヒントというか、確認くらいには使えるかもしれない。


「その尋問、俺も加わっていいか？」

「もちろん大丈夫だが……もしかして、何かいい魔法を持っているのか？」

「どのくらい役に立つかは微妙なところだが、尋問向きの魔法もなくはないな」

一番分かりやすい尋問系魔法といえば『デッドリィペイン』だ。

肉体的なダメージを一切伴わずに痛みだけを与えられる魔法なので、うっかり殺してしまうような心配もなく尋問が行える魔法としては最適だろう。

痛みによって心臓発作などを起こす危険性くらいはあるが、物理的な尋問手段よりはずっと安全だ。


とはいえ尋問の効果は恐らく、純粋な痛みの量だけでは決まらない。

尋問の目的は対象を痛めつけることではなく、情報を引き出すことなのだ。

対象の精神を効果的に追い込んで効果的に自白に追い込むという意味では、プロの尋問官のほうがずっと上だろう。

当然だが、ＢＢＯに尋問なんていう機能はなかったしな。

地球にあった歴史上の尋問方法などはいくつか知っているが、ネットで読んだ程度の知識より、その道のプロのほうが上だろう。

いくつかの魔法は、尋問官の道具の一つとしてくらいは使えるかもしれないが。

……しかし今回に限っては、尋問に使える手段というもの自体はあまり気にする必要がない。

まあ、俺の予想が正しければだが。

「……頼めるなら、頼む。エルドなら、私達の思いもよらないような尋問手段を持っているかもしれない」

「やるだけやってみよう。……まあ、俺の予想が正しければ、尋問なんてできないけどな」

こうして俺は、エンチャントシャフトを盗もうとした者の元へと向かうことになった。

第六章

The Invincible Sage in the second world.

それから少し後。

俺は兵士の案内で、拘束した賊がいる地下牢の近くに来ていた。

「賊はこの先の地下牢に拘束しています」

「情報は何か吐いたか?」

「いえ。尋問の方法に関する指示があるまでは傷つけるなとのことだったため、穏便な方法での質問のみを行いましたが……賊は一言も発しませんでした」

「分かった。……尋問を始める前に、周囲の兵士たちを退避させてくれるか?」

地下牢の周囲には、沢山の兵士たちが配置されていた。

せっかく自害を阻止した兵士が、外部から口封じに『消されて』しまわないように……という配慮だろうが、『サーチ・エネミー』で調べた限り、周囲に怪しい人間はいない。
周囲からの暗殺に関しては、あまり気にする必要がないだろう。

「退避……ですか？」

「ああ。巻き込まれないようにな」

「しょ、承知いたしました！」

巻き込まれるという言葉を聞いて、兵士は慌てて周囲の兵士たちを逃し始める。
そして数分後、地下牢の周囲には誰《だれ》もいなくなった。
俺はそれを確認して、地下牢へと入り……盗賊に話しかける。

「さて……釘を盗みに入った理由を聞かせてもらおうか」

ここで相手が『エンチャントシャフト』という言葉を出してくれれば、敵はそれが何なのかを理解したうえで盗みに来ていると分かる。

そういったこともあるので、俺はあえて一度もエンチャントシャフトという単語を使わず、釘と呼んでいたのだ。

今回の敵は必ずしもエンチャントシャフトが何であるかを理解した上で盗みに来たとは限らない。

あの派手な調査を見れば、誰だってその調査対象が重要なものであることは分かるだろう。

調査では一応、ダミーとして他にもいくつかの品に関しての情報を調べていた。

だが、もし敵が盗んだ資料の情報などを使えば、いくつかあった対象の中で重要なものがエンチャントシャフトであることを推定できてもおかしくはない。

帝国が他の調査対象について知っていれば、消去法も使えるしな。

そして……重要なのはまさにそこなのだ。

帝国がエンチャントシャフトが何かを理解していなければ、その付与に遺跡が関係していることも知らない可能性が高い。

もしそうだったら、俺達が帝国に入国した痕跡を徹底的に隠したほうがいい。
敵は俺が王国から消えたことくらいには気付くかもしれないが、目的地が遺跡だと知られていなければ、気付かれる前に付与を終わらせられる。

逆に帝国が気付いているようであれば、隠蔽《いんぺい》工作に時間をかけたところで、敵に迎撃の準備を整える時間をプレゼントするようなものだ。
こういった、交戦以前の段階で勝負を左右する情報というものは少なくない。
だからこそ俺はわざわざ尋問に来たわけだ。

「答えないなら、後悔することになるぞ」

俺はそう言って杖《つえ》を構える。
拘束された男は何も言わず……黙って俺の顔を、まじまじと観察する。

「しゃべる気はない……か」

俺が尋ねると……男が口を開く。

まだ何もしていないのだが、黙秘を貫く気はなくなったのだろうか。

「エルド」

「何だ」

「……分かった。話そう」

男がそう呟《つぶや》くと――男の体内で、膨大な量の魔力が吹き上がった。

俺はその様子を見て、とっさに『マジック・ヴェール』を発動する。

そして次の瞬間、爆風が部屋中を薙《な》ぎ払《はら》った。

「ば、爆発《ばくはつ》⁉」

「エルド様の魔法か⁉」

「……エルド、一体何があった⁉」

兵士たちの声に混ざって、国王の声が聞こえる。

……やはりこうなったか。


今起こったことは、ほぼ予想通りだと言っていい。

もちろん俺が、敵を爆発させるような魔法を使ったわけではない。

敵が自爆したのだ。


……敵の発言は明らかに、尋問に来た人間が『エルド』であるのかを確かめるようなものだった。

彼は俺の顔を覚えさせられていて、最終確認として俺の名前を呼んだのだろう。


そして俺が返事をしたので、満を持して自爆したというわけだ。

男が最後に言った『分かった。話そう』というのは、内部に仕込まれた自爆魔法の起動コマンドかなにかだろう。


今の行動を見る限り、恐らく彼が捕まったのもわざとだな。

最初からこうやって俺を殺すつもりで、自爆要因として王宮に送り込まれた人間。

そう考えると、わざわざ警備の厳しいものを単独で奪いにかかって、あっさり捕まったのも納得がいく。

捕まったからといって俺が出てくる保証はないが……尋問に特殊な魔法が必要だとなれば、俺が出てくる可能性も高いからな。

帝国はすでに俺が賢者だということは知っているはずだし、俺をおびき出すために『尋問対象』を用意することに不思議はない。


ちなみに先程の爆発は、俺を殺すにはまったくの威力不足だった。

俺は先程の爆発を『マジック・ヴェール』で受けることになったが、俺の魔力は1割も減っていない。

そもそも防御魔法越しに人間を即死させるような魔法を一瞬で使えるのなら、自爆はもっとポピュラーな攻撃手段になっていることだろう。


問題は……今回の爆発が、単なる余波に過ぎなかったことだ。

「全員、ここから離れろ！　戦闘に巻き込まれるぞ！」

俺は先程まで男がいた場所を見ながら、国王たちにそう告げる。

目の前にいるのは人間の男ではなく——ドラゴンだった。

大きさこそ人間の数倍程度でしかないが、紛《まぎ》れもなくドラゴンだ。

「『融合の外法』でドワーフ・ドラゴンか……随分と本気で殺しに来たな」

現れたドラゴン——先程までは人間だったものを見ながら、俺はそう呟いた。

人間の命などを犠牲にして強い力を得る方法は、いくつも存在する。

そのほとんどはプレイヤーには使えず、『絶望の箱庭』などの組織が使うにとどまっていたが。

その代表格が、俺が賢者になったばかりの頃、『絶望の箱庭』の幹部が追い詰められて使った『人工魔神薬』だ。

あの薬は人の知性を失わせ、二度とまともな人間に戻れなくするかわりに、対象の人間を大きく強化する。

似たような薬は他にも何種類か存在するが……今目の前にいる魔物を作った術式、『融合の外法』はそういった強化魔法の類《たぐい》とは根本的に違う。

強化系の薬の場合、素体となっているものはあくまで人間だ。

たとえ別物にしか見えないほどに強化されていたとしても、元々は人間なので身体能力や魔法能力には強化の限界というものがある。

だが『融合の外法』は違う。

この術式はその名の通り、魔物と人間を融合させるものだ。

融合対象の力のバランスが取れている場合、この魔法は人間と魔物の中間的なものを作り出す。

融合の対象が弱ければ、その魔物を使って人間を強化する程度で済む。

だが……強すぎる魔物と融合した場合、もはや人間の原型は残らない。

融合とは名ばかりで、実態は人間を魔物に変えるものだと言っていいだろう。

魔物を素材に魔物を作って、何の意味があるのか……という感じではあるが、この魔法は融合の途中では人間の姿が変わらないという特徴を持つ。

術式の詳細を知らないのでなぜそうなるのかは分からないが、とにかく融合途中の人間は、普通の人間と見分けがつかない。

それを利用して、人間に擬態《ぎたい》させた魔物（融合が完了するまでは人間なので、擬態という呼び方は不正確だが）を送り込んでくるような敵は、ＢＢＯにも存在した。

そして……この『融合の外法』によって生まれた魔物は基本的に、大きさの割に極めて強い。

ＢＢＯでも下手すればレイドボスに準ずる格を持つ、『絶望の箱庭』の切り札だ。

他にいくらでも使い道のある『融合の外法』をここに送り込んできたあたり、『絶望の箱庭』の本気度合いが窺《うかが》えるな。

今まで使ってこなかった理由が少し気になるところだが、案外完成したのは最近なのかもしれないな。

『絶望の箱庭』はＢＢＯの初期から存在する敵で、時間とともに非道な研究を進めて力をつけていった組織だし、この世界でも同じかもしれない。

まあ、そのあたりの考察は一旦《いったん》後に回そう。

まずは目の前にいるドラゴンを倒さないことには話にならない。

逃げられるような速度ではないいし、地下牢の檻《おり》ごときで閉じ込められるような魔物でもないからな。

このドラゴンは恐らくBBOで『ドワーフ・ドラゴン』と呼ばれていたタイプの魔物だ。

正直なところ、俺くらいの装備やスキルの賢者が単独で倒すような相手ではない。

『壊天《かいてん》の雷龍《らいりゅう》』のように攻撃を全て避けられる相手というわけでもないし、倒し方を知っているかどうか……といったことよりも、純粋にスキルや装備の質が問われる相手と言っていいだろう。

そして、スキルや装備の質が足りているかというと……残念ながら足りていない。

基本的には、最低でも俺と同程度の戦力になる人間が2人……できれば3人は欲しいところだ。

こいつと戦う場合、相方として使えそうなのはミーリアくらいだが……残念ながらミーリアは今ここにいない。
兵士たちを呼んだところで無駄死ににしかならないだろうから、単独で戦う必要があるな。
戦力的には、全く足りていないと言っていい。

とはいえ、BBOはそれなりに歴史の長いゲームだ。
その最強職である賢者には無数の戦い方が考案されているし、多少の戦力不足があっても『ドワーフ・ドラゴン』を倒す手段くらいは当然考えられている……と言いたいところだが、
実はこのレベルの装備で『ドワーフ・ドラゴン』を倒したという話は、俺も聞いたことがない。

そもそもいろいろな戦略が考えられるほどドロップの美味《おい》しい魔物ではないし、ソロ討伐《とうばつ》の目標にされるほど有名な魔物でもないため、あまり情報がない魔物だったのだ。
攻略サイトなどを見れば、おそらく『ドワーフ・ドラゴンの討伐法』の欄には『装備を整えて殴りましょう』とでも書いてあっただろう。

「……ぶっつけ本番か」

ドワーフ・ドラゴンに確立された攻略法はない。

少なくとも、今の装備ではない。

だが、それは別に倒せないという意味ではない。
今までに確立された方法がないなら、この場で作ればいいのだ。

「……援軍は不要だ！　戦闘が終わるまで誰も入ってこないでくれ！」

まず俺は外で様子を窺っているであろう兵士たちや国王に向かって、そう叫んだ。
残念ながら戦力になるレベルの援軍は期待できないので、誰も来ないほうがマシだ。

たとえ弱くても、人数がいれば何かの足しになる……というのは、大人数の人間同士の戦争などの場合に限られる。

魔物を相手に繊細でギリギリの戦いをする場合、下手な横槍は逆効果になるケースの方が多いのだ。

これで落ち着いて、1対1で敵を倒す方法を考えられる。

まだ誰も倒したことのないボスを討伐するために方法を考えたことなど、何度もある。

俺がこの世界に来たのも、そうして誰も倒したことのなかったボスを倒した直後のことだった。

むしろ攻略サイトに書いてある『ボスの討伐法』は、元々俺が考えたものであったケースだって珍しくはなかったのだ。

「さて……どうやるかな」

強力なボスを倒す方法には、大きく分けて二つある。

一つは『とにかく高火力攻撃を打ち込んで、反撃を食らう前にやる』という方法。

俺が今までに一番よく使ってきたのも、この方法だろう。

だが、今回これは使えない。

瞬間的に大火力を発揮できる魔法といえば『スチーム・エクスプロージョン』を使うことになるが、基本的に広範囲の爆発魔法は『ドワーフ・ドラゴン』と相性《あいしょう》が悪い。

『ドワーフ・ドラゴン』は頑丈さの割にサイズが小さく、爆風を受ける面積が小さいため、爆発の影響を受けにくいのだ。

もちろん『スチーム・エクスプロージョン』には、普通の魔物や人間が相手であれば、面積など関係なく吹き飛ばせるだけの威力があるのだが……『ドワーフ・ドラゴン』はこのサイズでありながら、並のドラゴンを超える耐久力を持つ魔物だ。

俺が撃てる魔法を全て打ち込んだところで、倒すにはかなりの時間がかかるだろう。

その間、反撃を受けないわけがない。

ドワーフ・ドラゴンは小さいからこそ動きが素早く、攻撃を避けるのは不可能と言っていいレベルなので、反撃を受けずに戦うのは無理がある。

二つめの方法は、敵の攻撃を受ける前提で防御を固め、ゆっくりと体力を削っていく方法だ。

だが……実はこれも厳しい。

賢者の防御魔法は基本的に、あまり長時間の攻撃に耐えるのには向いていない。

『マジック・ヴェール』という強力無比な防御魔法はあるのだが、あの魔法は攻撃を受けるたびに大量の魔力を消費するため、長く耐えるためのものというよりは非常用という感じだ。

いくら万能職の賢者といえども、格上の攻撃に盾役として耐え続けるのは荷が重い。

恐らく攻撃を一度受けるだけで、最低でも魔力の20％を消費するだろう。

残念ながら、魔力が尽きるまでに倒しきれるような火力はない。

ＢＢＯであれば、適当に魔力ポーションを飲みながら耐えられる気がするが……この世界では、俺の魔力を回復できるほどの魔力ポーションは手に入らない。


魔力を節約するため、痛みを我慢して『マジック・ヴェール』を使わずに攻撃を受け、回復魔法や治癒薬で治療しながら戦う……という方法もあるが、これは最低でも一撃、生身で攻撃に耐えるだけの体力が必要になる。

残念ながら無理だ。生身で攻撃を受ければ即死する。


『クリティカルカウンターで弾く』という方法もあるが、これも無理だろうな。

クリティカルカウンターは元々難しい上に、ドワーフ・ドラゴンの攻撃は速すぎて、剣のタイミングを合わせるのはかなり運任せになってしまう。

どんなにクリティカルを出すのが上手《うま》い人間でも、半分弾き返せればいいほうだろう。


……こう考えると、八方塞《はっぽうふさ》がりなように見える。

少なくともＢＢＯでよく知られた手法では、今の状況には対応できない。

という訳で俺は……ＢＢＯには存在しなかった方法を使うことにした。

「マジック・ヴェール」

俺はまず攻撃を受けても即死しないように、『マジック・ヴェール』を発動しておく。

そして……。

「ファイア・ボム」

とりあえず、攻撃魔法を一発打ち込む。

あえて『スチーム・エクスプロージョン』は使わない。

温存しているのではなく、今回の戦いではそもそも一回も使わないつもりだ。

あの魔法は攻撃力こそ高いが、その分自分も余波に巻き込まれるため、立ち回りが制限される。

マジック・ヴェールで余波を受ければ魔力に余計な負担がかかることになるし、『スチーム・エクスプロージョン』自体の魔力消費も馬鹿《ばか》にならない。

優秀なスキルではあるが、今回の戦いに限っては足手まといだ。

「グオオオォォ……」


俺の攻撃を受けて、ドワーフ・ドラゴンがあまり痛くなさそうな声を上げる。

ファイア・ボムは爆発半径が小さいため、ドワーフ・ドラゴンのような相手でも普通に当たるのだが……そもそもの威力が小さいからな。

一発あたりの威力は当然ながら、『スチーム・エクスプロージョン』の方が何十倍も高い。

実際、俺の『ファイア・ボム』程度ではドワーフ・ドラゴンにとっては大したダメージではないだろう。

とはいえ無数に打ち込めば、流石《さすが》に効いてくるだろうが。


まあ、どうせ攻撃の威力にはそこまで期待していないので、これで問題はない。

攻撃に30分耐えるのも3時間耐えるのも、正直なところあまり変わらないからな。

火力が足りない以上、今回の戦いで重要なのは、とにかく攻撃に耐え続けられる状態を作ることだ。

魔力の消費量と回復量を釣り合わせられれば、必要なだけ戦闘を長引かせられる。

格上相手の単独戦闘では、むしろそれが正攻法だ。

問題は、そのためのポーションがないことだが。


討伐手段はいくつか思いつくが、まずは簡単なものから試してみるか。

通じない気もするが、試すだけなら問題はないからな。


「スティッキー・ボム」


俺は拘束魔法を発動し、ドワーフ・ドラゴンを地面に縛り付けた。

もしこれで拘束できるのであれば、討伐は難しくない。

ドワーフ・ドラゴンの能力は、物理的な強さに偏《かたよ》っている。

大きさに不釣り合いな力を持つ代わりに、普通のドラゴンが使うような炎のブレスや飛行といった力は持たない。

遠距離攻撃の手段は一つも持っていないため、距離さえ取ってしまえば怖くないというわけだ。

ＢＢＯでは使えなかった手だが、この世界でなら使えるかもしれない。

「スティッキー・ボム。スティッキー・ボム」

俺は1発めの『スティッキー・ボム』が当たったのを確認すると、さらに追加で魔法を放った。

基本的にドワーフ・ドラゴンは、威力の低い攻撃を避けない。

そのため魔法を当てるのは簡単だが、逆に言えば『あえて避けさせる』ような牽制《けんせい》が効かないともいえる。

つまり状態異常系の魔法などは当て放題だ。

それがちゃんと効果を発揮するかどうかは、また別の問題だが。

「さて……どうだ？」

俺が見守る中——スティッキー・ボムによって縛り付けられたドワーフ・ドラゴンが、一歩踏み出した。
まるでスティッキー・ボムなど存在しないかのような足取りで。

別に魔法が機能しなかったわけではない。

先程までスティッキー・ボムがあった場所の床は無残に砕け、剝《は》がれている。

ただ単に、力技で抜けられたというだけだ。


「……グオ？」


どうやらドワーフ・ドラゴンは違和感を覚えたらしく、一瞬だけ首を傾《かし》げた。

だが、動きにくいといった様子には全く見えない。

人間が道を歩いている時に、ポイ捨てされたガムを踏んでしまったくらいの感覚だろうか。

せめて1秒でも足止めできるなら使えると思ったのだが、3重に重ねがけしてこれだ。

そもそもスティッキー・ボムの数がどうとか以前に、床の耐久力がもたなかったようだが。

「やっぱりか……」

『遠距離攻撃手段を持たない』という分かりやすい弱点が存在するにもかかわらず、ドワーフ・ドラゴンの簡単な攻略法が確立されなかった理由。

それは、ドワーフ・ドラゴンを相手に距離を取り続ける手段が存在しなかったことだ。


縛り付けようとしても、力技で脱出される。

逃げようとしても、高速移動系スキルすら圧倒する速度で距離を詰められる。

ならば空中に浮いて対処しようとすれば、凄まじい跳躍力で叩き落とされる。


だから『遠距離攻撃手段を持たない』というのはドワーフ・ドラゴンの弱点に見えて、実は完璧《かんぺき》にカバーされている。

身体能力で全てを解決する、究極の脳筋魔物と言っていい。

能力が単純だからこそ、逆に対処が難しいというわけだ。


などと考えているうちに、敵が動いた。

ドワーフ・ドラゴンはその小さな体を生かした俊敏さで、目にも止まらぬ速さで爪《つめ》を振り下ろす。

俺はとっさにそれを杖で受け止めようとしたが――間に合わなかった。

ドラゴンの爪はあっさりと俺の体に届き、『マジック・ヴェール』がそれを防ぐ。

今の一撃で削れた魔力は15％ほど。

7発はもたない計算だ。

魔力の自然回復などは飾りのようなものなので、戦闘中にはほぼ無意味と言っていい。

かと言って、魔力回復系の魔法にはろくなものがない。

というわけで……ちょっと珍しい魔法を使ってみるか。

「ドレイン・バレット」

俺が魔法を唱えると杖の先から小さな釘のような物が出て、ドラゴンに突き刺さった。

それと同時に、俺の魔力が回復する。

これは名前の通り、当たった敵から魔力を吸い上げる魔法だ。

ただ魔力を吸うだけではなく……敵の魔力を削ることもできるし、ダメージを与えることもできる。

一石三鳥に見える魔法だが、今まで俺がこの魔法を使わなかったのには、当然理由がある。

「なるほど……これは使えないな」

一見便利に見える『ドレイン・バレット』が使えない理由。

それは単純に、回復量が少なすぎることだ。

今ので俺の魔力は、0.1％も回復していない。

敵の一撃で受ける15％を稼ぐために、１５０発撃ってもまだ足りない計算だ。

攻撃としても、かなり中途半端《ちゅうとはんぱ》だ。

威力は攻撃魔法に比べて低いし、魔物の魔力は人間と比べて桁外《けたはず》れに多いので、削ったところでほとんど意味はない。

正直なところ……使い物にならないと言っていいだろう。

ならば強化魔法を、と言いたくなるところだが、威力強化系の魔法は基本的に魔力消費が増える。

同じ消費魔力であれば、強化していない魔法を何発も撃ったほうがマシなくらいだ。

『ドレイン・バレット』のような吸収系の特殊効果も一応強化されるが、コスパはあまりよくない。


そして、『ドレイン・バレット』に関して言えば……強化魔法を使うと、消費魔力と吸い上げる魔力量がほぼ同じになってしまう。

一応は『魔力消費のない攻撃魔法』として使えるが、もちろん攻撃に耐えるための役には立たない。


というわけで俺は今まで、この魔法を使っていなかったのだ。

まあ単純に、産廃スキルのくせに取得に必要なレベルが高いため、今までは使えなかったという理由もあるのだが。

前から使えたら、安全な場所での魔力補給くらいには使った気がするし。

だが、このスキルを実戦で使えるようにする方法は恐らくある。

『恐らく』というのは、やったことがないからだ。

BBOではそもそもポーションを飲めばいい話だったので、魔力回復自体があまり注目されていなかった。

俺も魔力回復を強化する実験などしたことがないため、ぶっつけ本番なのだ。


「エーテル・ハック」


俺は覚醒《かくせい》スキルを発動し、『ドレイン・バレット』の性能を改変する。

『ドレイン・バレット』は元々何十メートルもの射程を持つ魔法だが、そんな射程はあっても意味がない。


基本的にエーテル・ハックは、不要な性能を削れば削るほど他の性能を上げられる。つまり、射程距離を削ればそれだけ威力を増加させることができるというわけだ。

実用上ギリギリまで削るとなると……射程は60センチもあれば十分だろう。

今さら距離をとったところで攻撃を避けることは難しい。ならばいっそ、このまま接近戦の距離で片をつけてしまおう。

さらに弾速も、元々の10分の1まで落とす。

普通の交戦距離では当てるのが難しい速度になるが、どうせ射程が60センチしかないのだから十分だ。

攻撃力はゼロにする。

『ドレイン・バレット』のダメージなどおまけ程度で、あってもなくても変わらない。

それより魔力の吸収効率を上げて、余った魔力で『ファイア・ボム』でも撃ったほうがずっとマシだろう。

「ドレイン・バレット」

調整を施した『ドレイン・バレット』を放ち、性能を確認してみる。

すると、今度は3％ほどの魔力が回復した。

元々の性能を考えれば劇的な改善だが……魔力吸収効率以外の全てを犠牲にした割には、寂《さび》しい性能だ。

ＢＢＯで使われなかったのも納得がいくな。

装備やアイテムがＢＢＯ基準で揃うのならば、永遠に使うことのないスキルなのは間違いがないだろう。

ともあれ、これで実用的な回復量が確保できた。

射程はあまりにも短いが、ドワーフ・ドラゴンは遠距離攻撃手段を持たないため、距離を取ってこない魔物だ。

接近戦を挑む覚悟さえあれば、この射程の魔法でも当てるのは難しくない。

「ドレイン・バレット。ドレイン・バレット。ドレイン・バレット……」

俺は敵の攻撃をひたすら『マジック・ヴェール』で受け止めながら、魔力を補充する。

魔力は減ったり増えたりを繰り返しながら……全体としては少しずつ減少していく。

敵の攻撃の威力はその時によって違うが、１発の被弾を穴埋めするのに４発から５発の『ドレイン・バレット』が必要なようだ。

魔法の発動ペースにも限界があるため、回復が消費に追いついていない。

今の『ドレイン・バレット』の射程である60センチは、安定して当てられる限界だ。今ですら10発に1発ほどは外している。

回避を捨てる覚悟があっても、これ以上射程を縮めると流石に届かないケースが増えて、トータルでの魔力回復ペースは落ちるだろう。

だが、この程度の魔力現象ならカバーが可能だ。

「ドレイン・バレット」

俺は魔法を唱えながらも杖を振り、敵の攻撃を弾《はじ》き返《かえ》そうとする。

しかし、攻撃はあっさりと俺の杖をすり抜け、マジック・ヴェールに突き刺さった。

だが気にしない。

俺は『ドレイン・バレット』を連続して唱えながら次の攻撃に狙《ねら》いを定め、またも杖を振り回す。

今度は当たった。だがクリティカルカウンターは出ない。

俺の杖は頑丈なので折れはしないが……俺自身のパワーは、当然ながらドワーフ・ドラゴンの足元にも及《およ》ばない。

杖で受け止めたというのにあっさりとパワーで押し切られ、マジック・ヴェールを削られる。
だが敵の攻撃の威力はわずかに減衰し、魔力消費は少しだけ軽くなった。

「ドレイン……バレット」

俺は魔力回復のペースを落とさないために、とにかく切れ間なく魔法を唱え続けながら杖を振る。

敵の攻撃に杖が当たることもあれば、外れることもある。
外れることの方が圧倒的に多い。

魔力の減少ペースは少しだけ落ちたが、まだ減少は止まっていない。
そんな中、20回ほども攻撃を受けた頃だろうか。
ようやく1回だけ、クリティカルカウンターが出た。

それでさえも、杖は押し切られてしまう。

だが威力は明らかに落ちていた。マジック・ヴェールによる魔力の減少量は、普段の1割ほどでしかない。

その隙《すき》に俺は、さらに魔力を回復する。

「ドレイン・バレット。ドレイン・バレット。ドレイン・バレット」

次の攻撃が来る前に使えた『ドレイン・バレット』は先程までの魔力減少を埋め合わせ、魔力はほとんど全回復に近いところまで回復した。

たまにでもクリティカルカウンターを出せれば、魔力消費は埋め合わせられるというわけだ。

それどころか……魔力の回復量は、消費量をごく僅《わず》かに上回った。

攻撃に回すことのできる、貴重な魔力だ。

当然、この魔力を『ファイア・ボム』などに使っていては、何日……いや何ヶ月かかってもドワーフ・ドラゴンの体力を削り切ることはできない。

だが幸いなことに、賢者には極めて魔力効率のいい攻撃魔法がある。

「ブラッド・ポイズン」

毒魔法は瞬間的にダメージを叩き出すには向かないが、魔法1発あたりの総ダメージ量は通常の魔法とは比較にならないレベルだ。

今の俺が扱える『ブラッド・ポイズン』の強度だと、討伐までにかかる時間は5時間ほどだろうか。

もっと毒魔法に特化した装備などを持っていれば、だいぶ短縮できるのだが……残念ながらこの世界では汎用《はんよう》の装備を最低限揃えるくらいが精一杯で、目的ごとに特化させた装備を揃えるのなど夢のまた夢だ。

低レベルな特化型装備を使うくらいなら、普通の汎用装備を使ったほうがよほどマシだしな。

さて、あとはひたすら攻撃に耐えて、毒が敵の体力を削り切るのを待つだけだな。

敵の猛攻を杖で弾き続けながらの5時間は、あまりに長いようにも見えるが、これよりシビアな戦いも何度か経験がある。

何度もやりたいとは思わないが、まあ倒せないというほどではないだろう。

◇

それから5時間ほど後。

「グ、グオオオオォォォ……」

毒を受け続けたドワーフ・ドラゴンが、ゆっくりと地面に倒れ伏した。
5時間というのは大雑把《おおざっぱ》な見積もりだったが、どうやら結構合っていたようだ。

「終わったぞ」

敵が動かなくなったことを確認してから、誰もいない空間に声をかける。
生身で俺の声が聞こえる範囲には誰もいないはずだが……恐らく精霊弓師など、遠くから様子を窺えるようなスキルを持った人間が、この部屋の様子を見ているだろう。

5時間の間、この部屋には誰も来なかったが、だからといって国王が何もしていなかったわけではない。

俺は戦いながら時々『マジック・サーチ』を使い、周囲の様子を見ていたのだが……現在、俺が戦っていた地下牢の外には、兵士と思《おぼ》しき魔力反応が数百人も集まっている。

援軍は不要だという俺の指示に従いつつ、もし急に援軍が必要になったらいつでも突撃させられるように……ということだろう。

王国軍も、スキルを使った戦闘の体制はそれなりに整い始めているので、偵察系のスキルを持った者も含まれているはずだ。

まあ、偵察系スキルとは言っても、内部の音が聞こえる程度だろうが。

その予想は間違っていなかったようで、すぐに反応があった。

「第一部隊、および救護班……突入！」

国王の指示とともに、兵士たちが部屋の中になだれ込んでくる。

兵士たちは部屋の中に入ると、中の状況を確認し始めた。

「エルド様に怪我《けが》はないように見えます！」

「賊の姿は見当たりません！　代わりに……動かない小型ドラゴンの姿あり！」

「小型ドラゴン、死亡を確認！」

兵士たちは手早く部屋の状況を確認し、後方へと報告する。

さらに、特に怪我をしていないように見える俺にも、回復魔法をかけ始めた。

見た目では怪我をしていないように見えても実際はダメージを受けているケースもあるので、戦っていた者にとりあえず回復魔法をかけるのは基本だな。

そして、報告が伝わった後……国王が姿を表した。

「ドラゴン？　エルドが戦っていたのは、盗賊じゃなかったのか……？　盗賊は一体どこへ行った？」

「そこに転がっているドラゴンが、『盗賊だったもの』だ。盗賊の体の中に、ドラゴンに変わるための仕掛けが仕込まれていた」

「そ、そんなものがあったのか……まさか敵は最初からこれを狙って、わざと捕まったのか？」

人がドラゴンに変わる仕掛けがあると聞いたら、普通はもっと驚きそうなものだが……最初から敵の狙いにまで思考が回るのか。

国王も、だいぶ異常な相手への適応力が上がってきたという感じだろうか。

まあ王宮での救出作戦のときから、国王はかなり機転の利くタイプではあったが。

「わざと捕まったと見て間違いないだろうな。単独で釘を盗もうとしたのも、捕まえてくれと言わんばかりだ」

「確かにそうだな……もしかして、エルドが尋問の前に人払いをしたのは、この仕掛けに気付いていたのか？」

「いや、別にこいつが魔物に変わることを予想してたわけじゃないぞ。……まあ、何らかの罠《わな》が仕掛けられている可能性は高いと思ってたが」

わざわざ俺が尋問に来たのも、敵が罠を仕掛けているかどうかや、その罠が誰を狙ったどんなものかを確かめるためだ。

単に情報を聞き出すのが目的なら、それこそプロに任せたほうがいいからな。

それはいいとして……。

「……ところで、さっき突入を指示してたよな？　なんで国王が直々に指示を出してたんだ？」

先程の『第一部隊、および救護班……突入！』の声は、確かに国王のものだった。

流石に自分から踏み込みはしなかったようだが、報告を聞いてから国王が来るのも早すぎた。

戦闘が終わることを事前に予告していたわけではないので、国王が戦闘中ずっと戦場のすぐ近くで待機していたことになるのだが……。

「もちろん、私が直接指示を出した。軍の最高責任者たる私がその場にいる以上、私が指示を出すのは当然だろう」

「いや、安全なところにいろよ……俺が負けたらどうするつもりだったんだ」

「エルドでも勝てないなら、どうせこの国は終わりだ。私が生きていても大差ないだろう？」

うーん。

王国軍にはスキルを使った戦闘の基本を教えたが、それとは別でリスクの管理体制に問題があるようだな。

そのあたりは、俺の専門分野ではないのだが……誰かなんとかしてくれないだろうか。

まあ、そのあたりは一旦置いておこう。

『俺が負けたら終わり』という状況がまずいことは、国王だって理解しているだろうしな。

すぐには解決できないかもしれないが、王国軍も着実に強くはなっているし。

今はまず、得られた情報についての話が先だな。

忍び込んだ盗賊からは何も聞き出せなかった……というかわざと捕まりに来たあたり、彼は最初から何の情報も持たされていなかったのだろう。

だが、敵……恐らくは帝国かその背後にいる『絶望の箱庭』が俺をピンポイントで狙うようなやり方で『融合の外法』を投入してきたのは、結構な情報だ。

これだけ本気で殺しにきたあたり、恐らく帝国はエンチャントシャフトの重要性に気付いている。

しかも『融合の外法』を仕込まれた人間が、俺が目の前にいることを確かめた上で術式を発動させた。

ただ『何となく重要そうだ』というだけの理由で、『絶望の箱庭』はこの手段をとらないだろう。

そもそも今回の作戦は、『入ってきた賊に俺が尋問をする』という前提でしか成立しないからな。

尋問官ではないどころか王宮に仕える人間でさえない俺が出てくると読んでいたあたり、国王が行ったエンチャントシャフトに関する調査に俺が関わっていることも、気付いているのだろう。

となれば、情報を手に入れた俺がこれから帝国内にある遺跡に向かうことも、敵はすでに読んでいるはずだ。

今更行き先を隠すことには意味がないし、遺跡……あるいは、その道中で戦う覚悟は必要だろうな。

「敵が取ってきた手段からして、敵は俺が遺跡に行くことに気付いているだろう。できるだけ早く……敵が迎撃の態勢を整える前にカタをつけたい」

「ちょっと待ってくれ。これだけのことがあって、まだ敵地のど真ん中に踏み込まなければならないのか」

俺の言葉を聞いて、国王は驚いた顔をした。

……そういえば、まだエンチャントシャフトに付与が必要だという話をしていなかったか。

その話をしようとしたところに、盗賊を捕まえたという報告が入ってしまったからな。

とはいえ、エンチャントシャフトに関する情報は一応、国王以外には伏せておきたい。

そう考えて周囲を見回すと……国王も俺の意図を察したようだ。

「すまない、エルド以外は、一旦外してくれ」

国王の言葉を聞いて、兵士たちは外へ出ていく。

そして誰もいなくなったところで、俺は口を開いた。

「俺が強くなるために、この釘が必要だという話はしたな？」

「そこまでは聞いている。エルドが重視しているほどの品だから、よほど強力なものなんだろう」

「ああ。色々と制約はあるが、要するにスキルを強化する品だ。そしてこの釘、『エンチャントシャフト』を実際に使えるようにするためには、特別な場所で付与を行う必要がある」

敵が気付いていると分かった以上、もう名前を隠す必要はないだろう。

いつまでも釘呼ばわりというわけにもいかないしな。

「エンチャントシャフト……初めて聞く名前だな。それを使えるようにする『特別な場所』が、帝国内の遺跡なのか？」

「その可能性が高い。正確には、釘が見つかった場所の近辺だと言ったほうがいいかもしれない」

「釘が見つかった場所……なるほど、それで釘……エンチャントシャフトの入手元を知りたかったわけか」

そう言って国王は、一度口を閉じた。
どうしたらいいか考えているような素振《そぶ》りだ。

「エンチャントシャフトを使うために、帝国の遺跡に行く必要があることは分かった。しかし……危険だぞ？」

「もちろん、危険なのは間違いがない。だが、行かないのもそれはそれで危険だ。戦力が不足している状態で敵に攻撃を受ければ、どうしようもない」

「……多少の戦力差なら、エルドは何とかしてしまいそうな気がするが」

「多少ならな。限度はある。……だからこそ敵が迎撃の態勢を整えるより先に、これを使える状態にしたい」

俺の言葉を聞いて、国王は少し考え込み……首を縦に振った。

どうやら、納得してくれたようだ。

「エルドがそう判断するなら、恐らくそれが最善なんだろう。……それで、私は何をすればいい？」

「とりあえず、帝国に密入国する準備を整えてくれ。流石に国境から追い回されながら遺跡に向かうのは避けたいからな」

「偽名の身分証と、バレずに入国できるルートを用意しよう。誰か補佐をつけたほうがいいか？」

「単独での警戒には限界があるから、できれば欲しいところだが……ついて来られるかが問題だな。少なくとも俺の移動について来られないと逆効果だ」

「分かった。私の方で人選を進める。……いつまでに用意すればいい？」

「できるだけ早く頼む」

こうして俺は、敵地のど真ん中……それもまさに敵が警戒しているであろう、遺跡へ向かうことになった。

さて……なんとか付与の祭壇にたどり着ければいいのだが。

第七章

それから数日後。
俺《おれ》は帝国と王国の国境付近にある山の中にいた。
一人ではなく、国王が用意した補佐……ミーリアも一緒だ。

「まさか、ミーリアが同行するとはな……」

「依頼が来たときには、私も驚いたわ。帝国の警戒している場所のど真ん中に突っ込むなんて……私が今まで受けた中でも、ダントツで最悪の依頼ね。一緒に行くのがエルドじゃなきゃ、絶対に受けなかったわ」

「……俺がいるからって、安全とは限らないけどな」

「もちろん承知の上よ。ただ……報酬が報酬だから、受けない選択肢はなかったわ」

今回ミーナが受けた『ザイエル帝国への潜入補佐』という依頼の報酬。

それは……貴族位と、領地だ。

ミーリアが冒険者になったのは、彼女が失った貴族家を再興させるためだ。

そのためにミーリアは今まで危険な依頼を受け、冒険者としての地位を上げる努力を続けていた。

この依頼に成功さえすれば、彼女の目的はついに達成されるのだ。

まさしく彼女にとっては『受けるしかない依頼』だろう。

まあ、最初からそれが報酬として提示されたというよりは、ミーリアが国王に『何でもいいから欲しい報酬を言え』と言われて『貴族位と領地』と吹っかけてみたら、それが通ってしまったというのが正確なところのようだが。

という訳でミーリアは、俺とともに敵地のど真ん中に踏み込むことになったのだ。

貧乏くじなのか、逆にラッキーなのかに関しては……これからの潜入の結果次第だな。

できればサチリスなど『サーチ・エネミー』を使える仲間も欲しかったのだが、やはり戦力的な面でサチリスはまだミーリアに届かない。

サチリスがいた方が有利になるかは微妙なところだが……一番の難関になるのは恐らく、遺跡の付近だ。

そこまで行けばサチリス以外は全員敵だと思っていいくらいなので、『サーチ・エネミー』でも『マジック・サーチ』でもあまり変わらない。

という訳で今回は、俺とミーリアだけだ。

「ここからは、偽名で話そう。ミリア」

俺は国王にもらった偽名の身分証を見ながら、ミーリアにそう告げる。

この身分証は帝国内に潜入している王国の諜報員《ちょうほう》が、本物の設備を使って作ったものらしい。

そのため、書かれている情報以外は完全に本物なので、身分証自体から偽名がバレる確率は低い。

帝国の中枢への潜入はことごとく失敗しているという話だったが、身分証を作る設備が置いてある場所くらいには潜入できているというわけだ。

まあ、俺が普段使っている身分証のギルドカードだって、普通にギルドの支部とかで作れるしな。

帝国のスキルによる警戒網も、そこまで隅々に届いてはいないのだろう。

「分かったわ、ルード」

俺の偽名は『ルード』、ミーリアは『ミリア』だ。

本名に近すぎる気もするが、似たような名前の人間は沢山いるので問題はないだろう。

あんまり本名から違う名前にすると、今度は呼ばれた時に反応できなくて怪しまれることになる。

逆に本名に近い名前にしておけば、本名で呼ばれたのにうっかり反応してしまっても、『似ていたから間違えて反応した』とごまかしが利く。

まあ、だからバレないかというと、全くそんなことはないのだが。

「でも、これ普通にバレるわよね……?」

どうやらミーリアも、俺と同じ感想のようだ。

特にミーリアに関しては、本名と偽名がほとんど変わらないからな……。

「当然バレる。少なくとも、遺跡の近くの町ではまず警戒網に引っかかると見たほうがいい。……いくら偽名を使っていても、顔まではごまかせないしな」

そもそも、俺を探している奴《やつ》に顔を見られればどうせバレるしな。

偽名を使うのはせいぜい『エルドという名前のよそ者を見かけたら、ただちに衛兵に通報を！』などといった指名手配に引っかからないようにするくらいの理由だ。

どうせ警戒の厳しい遺跡付近に行けば、俺達の顔を覚えた人間が警戒しているだろうしな。

「確かにそうね。じゃあ、行きましょう」

「ああ」

俺達はそう言って、帝国への道……というか山の中を進んでいく。

帝国と王国は敵国だが、長大な国境線全《すべ》てに警戒網が張り巡らされているというわけではない。

一般人が通れるようなルートは当然警備がついているものの、魔物や地形などの理由で普通は通れないようなルートまでは警戒されていない……というか、国境のほとんどはそういった場所だ。

当然、そういった場所を通るには危険が伴うわけだが、俺とミーリアなら今更関係はない。

俺達は近付いてくる魔物を適当に蹴《け》散らしながら進み……ほどなくして帝国国内へとたどり着いた。

「このあたりは、もう帝国みたいだな」

「結構簡単に潜入できるのね……」

「まあ、森なんて一々見張ってないだろうからな。目的地は……向こうか」

俺はそう言って、地図を取り出そうとする。

遺跡のある都市『エトニア』は最短ルートなら国境から1日かからない場所にあるのだが、

最短ルートは流石《さすが》に警戒されている可能性が高い。

そのため俺達はあえて最短ルートをはずし、敵の警戒網をかいくぐるようなルートを通ることにしていた。

事前に決めたルートは、『チケルス』という町に1泊して、明日エトニアに到着するというルートだ。

チケルスは最短ルートから外れているが程よくエトニアに近く、そこそこ規模の大きい町だ。

大きい町だと衛兵も多そうだが……あまり田舎《いなか》だと逆によそ者が怪しまれやすいので、ほどよく人の多い町を選んでいる。

とはいえ……その途中の移動ルートは、ほとんど道なき道だ。

街道などは敵からすれば格好の警戒ポイントなので、できるだけ通らないようにしたい。

だが、土地勘のない場所で森の中を長距離移動するのは、道に迷う危険と隣り合わせだ。

普段なら迷っても適当な町を探せばなんとかなるが、敵国への潜入中だとそういうわけにもいかない。

目印となるようなものに関する情報は王国諜報部から受け取っているので、それを見ながら進むしかないだろう。

などと考えていたのだが……。

「大丈夫、地図は頭に入ってるわ」

そう言ってミーリアが、どんどん先に進んでいく。

俺はその後を歩きながら、もらった情報に目を通すが……ミーリアが歩いているルートは、確かに合っているようだ。

英雄には別に道案内用のスキルがあるわけではないので、これは彼女の経験などによるものだろう。

ミーリアが同行者に選ばれたのは、戦力的な面もあるが、こういった部分も大きい。

戦闘という面では俺のほうが上だが、戦闘と関係のない部分での冒険者としての経験は、ミーリアのほうが上だからな。

俺が受けた依頼は、『近くにいる強い魔物を倒す』といったものばかりだったので、戦闘以外の能力はあまり必要がなかったし。

◇

その日の夕方。

俺達は道に迷うこともなく、チケルスの町に到着していた。

「あくまで自然にいくぞ。俺達はただの冒険者だからな。……こそこそ隠れたりすると、逆に怪しい」

「分かったわ」

俺達はそう言葉を交わして、町の中へと入っていく。

帝国に来て初めて入る街だが……町並み自体は、王国と大して変わらない。

使われている建材が少しだけ違うような気がするが、特に豪華だったり貧しかったりする感じはない。

町の商店に並んでいるものもごく普通だし、一般人の生活は王国とあまり変わらないのかもしれないな。

「宿は……あそこでいいか？」

「いいと思うわ」

基本的に町の中では普通に行動するが、全く普通かといえばそうではない。

いつ敵に気付かれるか分からないし、『すでに気付かれていて泳がされているだけ』などといった可能性も否定できないため、不意打ちには気をつける必要がある。

中でも最も警戒の必要があるのは、寝込みを襲われることと、毒殺だ。

毒殺には、簡単で明快な対処法がある。

俺はあらかじめ俺達2人が何ヶ月か行動できるだけの食料を買い込み、魔法収納に入れている。

水も魔法収納に入れた上で、時々水魔法で補充する。

帝国のものを一切《いっさい》飲み食いしなければ、毒を盛られることもないというわけだ。

だが、宿のほうはそうもいかない。

野宿は野宿で場所が割れてしまえばどれだけの規模で襲撃されるか分かったものではないし、逆に宿のほうが安全な可能性もある。

かといって、宿ごと爆破《ばくは》されたり包囲されたりする可能性を考えると、宿だって危険だ。


しばらく検討《けんとう》を重ねた上で、俺達は『宿の方がマシ』という結論に達した。

宿は野宿と比べて、襲撃を受けた時に対処がしやすい。

爆破に関しては毎日宿を変えればそこそこ安全だし、町中は隠れる場所が多いからな。


また、体力的な問題もある。

いくら野営に慣れた冒険者であっても、警戒しながらの野営はそれなりに体力を使うからな。

短期間であれば問題ないが、付与の祭壇の場所を特定するのに何日かかるか分からない以上、戦闘が始まる前から消耗するわけにはいかない。

その点、宿だって警戒は必要だが、野営に比べればずっと楽なのも確かだ。


とはいえ……分かりやすく頑丈で襲撃に強そうな宿は逆に爆破の標的などにされやすいため、

基本的には『普通』で目立たない感じの宿を選ぶ。

敵がもし『スチーム・エクスプロージョン』を使えるのなら、爆破に事前の準備などは必要がないが……そうではない場合、爆薬などを事前に仕込む必要があるだろうからな。

この世界では爆薬など普及していないようだし、もし存在するとしても貴重品だろう。

それを全ての宿に仕込むというのは現実的ではないだろうが、俺だったら敵が隠れそうな宿くらいには準備しておくかもしれないからな。

そんな警戒をしてまで敵地に泊まりたくはないのだが、基本的に『付与の祭壇』は見つけるのに時間がかかるものなので、寝ないで探すというのも無理があるし。

などと考えつつ俺は、選んだ宿に入る。

「いらっしゃい！　泊まりかい？」

宿に入ると、人のよさそうなおばさんが俺達に声をかけた。

宿の雰囲気も、王国と変わりないな。

「ああ。二人部屋はあいてるか？」

「ちょうどあいたとこだよ。前払いで７５００イビスだ」

「分かった」

そう言って俺は、７５００イビスを手渡す。

帝国の通貨……イビスの価値は、王国の通貨ギールと比べて少し価値が高い程度だ。

７５００イビスなら、まあ相場といったところだろう。

まあ、イビスは出発前に多すぎるほど受け取っているので、多少高くても問題はないのだが。

などと考えていると、おばさんが口を開いた。

「あ、そうそう。一応身分証も確認しなきゃならないんだった」

「身分証？」

「そうそう。私は別に代金さえ払ってくれればいいんだけど、最近は国がうるさくてねえ。泊まる人の身分証をチェックしないと、偉い人に怒られちまうのさ。……見たとこ冒険者みたいだけど、ギルドカードとかないかい？」

……最近になって、身分証の確認が始まったのか。

どのくらい最近かによっては、俺達の潜入を警戒して作られたシステムだという可能性もあるが……流石に考えすぎだろうか。

そんなことを考えつつ俺とミーリアは、ギルドカードを差し出す。

「ルードとミリア……これでよし、と」

おばさんは俺達のギルドカードを見ながら、帳簿のようなものに俺達の名前と、ギルドカードの番号を書き込んだ。

……ギルドカード自体は本物の設備を使って作られているので、偽物《にせもの》だとバレる心配はないが——番号は大丈夫なのだろうか。

カードのシステムがどうなっているのかは分からないが、偽造カードは番号と名前が一致しなかったりするような気もする。

まあ、カードを作った諜報部からそういった注意は受けていないので、恐らく大丈夫なのだろう。

大丈夫だと信じたい。

「部屋は2階だよ」

「ああ。ありがとう」

2階というのはありがたいな。

1階に比べて、襲撃への警戒がしやすい。

「……問題なさそうだな」

俺は部屋の扉を明けると、中に怪しげな仕掛けなどがないことを確認してから中に入った。

ミーリアも後に続いて部屋に入り、扉を閉める。

そして……。

「よし、そっち持ってくれ」

「分かったわ」

俺は部屋に置かれていた棚をミーリアと一緒に持ち上げると、部屋の扉を塞《ふさ》ぐように動かした。

扉を塞いだところで壁を壊される可能性はあるが、敵が開かない扉を開こうとすれば、最低でも数秒は時間を無駄にすることになる。

その数秒で魔法を一つや二つ使えることを考えると、こういった地道な工夫も馬鹿《ばか》にはできないだろう。

あとは持ってきた食事をとり、明日の朝までゆっくりと体力を回復するだけだ。

警戒を切らしてもいけないが……夜はしっかりと体力を回復できなければ、明日から想定される戦いに響くことになる。

宿に泊まるだけで此処まで警戒しなければならないとは、敵地への潜入は面倒なものだな。

早く終わらせて、王国へ帰りたいところだ。

◇

翌日。

俺達は無事に宿を出て、遺跡があるエトニアの町へと向かっていた。

今のところ気付かれた様子はないが、『サーチ・エネミー』などで調べたわけではないので、確実とはいえないな。

「エトニアは、ここより格段に警戒が厳しいと思うけど……到着した後はどうするの？」

「まずは現地の状況を見てからだが、とりあえずギルドに行こうと思ってる。遺跡に関する情報が集まるのは、やっぱりギルドだろうからな」

目的地にある遺跡は現在、新人冒険者などが集まる場所になっているようだ。

今から行く『傲慢《ごうまん》の古代遺跡』は、『境界』と呼ばれる場所を境目にして、難易度が大きく変わる。

『境界』の内側――ＢＢＯで『奥地』と呼ばれていたエリアは今の俺達で適正といった感じの難易度だが、奥地以外はスキルのことをろくに知らない初心者でも簡単に攻略できる場所なのだ。

それでいて遺跡エリアは安定したレベルの魔物が定期的に発生するため、初心者にとって都合がよいのだろう。

さほど特別なアイテムをドロップするわけではないから、別に実入りはよくないだろうが……普通に食肉として使える魔物も多いだろうから、初心者冒険者には十分な稼ぎが得られるだろうし。

とはいえ、流石に俺達は金を稼ぎにギルドに行くわけではない。

『傲慢の古代遺跡』は基本的に、極《きわ》めて広大なエリアだ。

高レベルの魔物が発生する『奥地』は狭いのだが、それ以外の一般エリアは、下手な町よりずっと大きい。

それでいて、『奥地』に入るための『境界』は、たったの一つしかない。

付与の祭壇は低レベルエリアには生成されない特殊地形なので、当然『奥地』に入らなければば見つからないわけだが……闇雲《やみくも》に探していては、捜索期間は1ヶ月や2ヶ月では済まない可能性もある。

ＢＢＯでは人海戦術によって短時間で探すことができたが、俺達は2人しかいないからな。

だからギルドの情報網に頼ろうというわけだ。

諜報部での事前調査では、ギルドに『奥地』に関する直接的な情報はなかったようだが……なにか手がかりが手に入るだけでも、だいぶ調査期間を縮められるはずだ。

「ギルドって……そんなところに行ったら、絶対バレるわよね？」

「ああ。俺達が街にいることはバレる可能性が高いな。やろうと思えば襲撃も簡単だ。……場合によっては、偽造身分証のことだってバレるかもしれない」

「それでも行くの？」

「大人しくしてても、どうせ遺跡で襲撃を受けるだけだからな。……ただ、本当に襲撃されるかどうかは別問題だ。敵からすれば一番襲撃に向いているのは『境界』だからな」

襲撃する側の気持ちになって考えてみれば、町中で俺達の存在がバレたところで、そこまで状況は変わらない。

町中での襲撃は、一般人や建物を盾にして逃げられる可能性も高い。

一般人の犠牲など気にする連中ではないだろうが、隠れる場所が多いという意味でも、そこまで襲撃に向いた立地ではないだろう。

それに比べて『境界』は、まさに襲撃にとって最適の立地だ。

『境界』はそもそも一つしか存在しない上に、俺が目的を果たそうとすれば絶対にそこを通らないといけないのだから、待ち伏せは絶対に成功する。

周囲に関係のない人間はいないだろうし、隠れる場所だって町中に比べればずっと少ないだろう。

敵からすると最も警戒しなければならないのは、主力の戦闘部隊が俺に出し抜かれて、戦闘すら行えないまま付与を完了されてしまうような事態だ。

町中で俺を襲撃して失敗した場合、逃げた俺がそのまま『境界』に向かえば、敵の最大戦力に追いつかれる前に祭壇へたどり着ける可能性がある。

それは敵にとって、なんとしても避けなければならないパターンだろう。

……こう考えていくと、もし敵が俺の場所を特定できたとしても、最大戦力を投入するのは『境界』あるいは『付与の祭壇』そのものである可能性が高い。

その二つのいずれかに張り込めば、まず取り逃がすことはないからな。

ただ、『付与の祭壇』の付近は普通に『奥地』であり、危険な魔物も発生する。

それすら利用して俺を殺しにかかる……という線もなくはないが、張り込む間の安全確保の事も考えると、本命は『境界』だろう。

まあ、境界を通る時には俺達も警戒するだろうから、町中は不意打ちをかけやすいというメリットはある。

主力レベルの敵が来るかどうかはともかく、町中での襲撃にも警戒はしておいたほうがいいだろうな。

などと考えつつ、俺達は町に向かって進んでいく。

「一応、怪しまれそうな行動は避けておこう。……バレないのならバレないに越したことはないからな」

「そうね。……特にエルドは色々と目立ちがちだから、気をつけたほうがいいわ」

「……そんなに目立つようなことはしていないと思うんだが」

「自覚がないならなおさら危険ね……」

ギルドの中で目立つって意味では、俺よりむしろミーリアな気がする。
何しろ『炎槍《えんそう》』なんていう二つ名がついて、ただギルドに立ち寄っただけでも話題になる人間だからな。
別に毎回目立つような行動をしていたわけではないだろうが、そんな扱いを受けるようになったのには、それなりの理由があるのだろうし。
まあ、そのあたりは行ってから考えればいいか。
流石に『自然な行動』の予行演習をするほど、大事なことってわけでもないしな。

◇

それから少し後。

俺達は何事もなくエトニアの町につき、ギルドへと入っていた。

今のところ、周囲に目立った動きはない。

まあ、俺達はあえて人通りの多い道を通るようにしてきたので、ただ単に襲撃しにくかっただけかもしれないが。

最悪の場合は町に入っただけで犯罪者として捕縛されると思っていたので、とりあえずは一安心といったところか。

いくら帝国でも、何の罪もない俺達を捕縛はできない……と言いたいところだが、俺達はすでに不法入国と身分詐称という犯罪を犯しているからな。

などと考えつつ俺は、ギルドのカウンターに向かう。

王国諜報部がくれたデータによると、遺跡の中に入るには冒険者としての資格とは別に、遺跡探索者としての資格が必要らしい。

資格とはいっても試験があるようなものではなく、ただ登録手続きを済ませればいいだけのようだが……遺跡探索者の資格証はギルドカードに比べて管理が厳しいため、王国諜報部では偽造ができなかったようだ。

まあ、どこでも作れるギルドカードと遺跡でしか使わない探索者資格では、後者の管理の方が難しいのも納得がいくな。

資格証はギルドカードさえあれば作れるようだから、せいぜい偽造がバレないように祈っておこう。

それと、受付嬢が俺達の顔写真付き指名手配書などを受け取っていないことも祈ったほうがよさそうだな。

「遺跡の探索者資格が欲しいんだが。２人分頼む」

「わかりました。登録料３万イビスと、ギルドカードをお願いします」

「分かった」

俺とミーリアが、ギルドカードを差し出す。

偽造ギルドカードを、ギルドの支部に出すというのは少し緊張するが……それを悟られないように、自然な表情を心がける。

「あ、すみません。下級職の方でしたか……」

俺達のギルドカードを見て、受付嬢がそう呟《つぶや》く。

なんだか申し訳なさそうな声だ。

ちなみに、俺のギルドカードに書かれた職業は『下級魔法使い』で、ミーリアのカードに書かれた職業は『下級戦士』だ。

どうやら帝国では特殊職をちゃんと区別しないらしく、全てひとまとめにして『下級〇〇』でくくられてしまうようだ。

その割には、王国に攻めてきた賢者などは普通に賢者として戦っていたのだが……もしかしたら一般人には特殊職の強さについて伝えない方針なのかもしれないな。

どんな意図なのかは分からないが、職業名に『下級』などとつけている時点で、特殊職は差別を受けているとみてよさそうだ。

まあ、俺もミーリアも差別されるのには慣れているので、今更それくらいで驚いたりはしないが。

「下級職だと、登録できないのか？」

「いえ、登録自体は大丈夫です。ただ登録料が1人5万イビス……2人合わせて10万イビスになってしまうんです」

「そのくらいなら問題ない」

俺はそう言って、追加の登録料を支払った。

なぜ下位職のほうが高いのかは分からないが……まあ、気にするだけ無駄だろう。

不法入国している身で、扱いをマシにしろなどと主張しても仕方がないし。

「分かりました。……これで登録完了です」

そう言って受付嬢が、俺とミーリアに登録証を手渡す。

この登録証は一応正式なものだと思うので、普段はこっちを使ってもいいかもしれないな。

まあ、もととなったギルドカードが偽名なので、この登録証も偽名なのだが。

「それと……遺跡に入るときには、この腕章をお願いします」

「腕章？」

「はい。遺跡内部では、突発的に他の冒険者の方々と協力するような状況が発生する場合があります。その時に、一々職業を聞いていては手遅れになることもあるので……ただ見ただけで役割分担ができるように、腕章をつけることになっているんです」

なるほど、役割分担のためか。

確かに、不特定多数が入る遺跡の中で使うものとしては、中々いいシステムだな。

盗賊などに狙《ねら》われた時、パーティー構成を事前に読まれやすくなるなどのデメリットはあるが……王国でも採用してもいいかもしれない。

などと考えつつ俺とミーリアは腕章を受け取る。

俺の腕章は魔法の杖《つえ》のような絵に、大きく赤いバツ印が描かれている。

ミーリアのものは、剣にバツ印だ。


周囲を見回すと、ほとんどの冒険者たちが腕章をつけているのが見えた。

ほとんどの腕章はバツ印などついていない、剣や杖のマークだ。

この赤いバツ印は……恐らく、下位職の証《あかし》だな。


「この腕章って、ギルドとかでもつけたほうがいいのか？」

ギルドにいる冒険者は、ほとんどが腕章をつけている。

さっきの説明では、遺跡内部だけでよさそうな雰囲気だったのだが。

「外すのが面倒なので、つけっぱなしにしている人が多いですね。別に一々外す意味もないですし」

なるほど、ただ面倒だという理由か。

俺としてはその程度の手間は別に問題ないが……これだけみんな腕章をつけている中で一人だけ外していると、逆に目立つかもしれないな。

とりあえず、つけっぱなしにしておくか。

「この腕章と登録証があれば、すぐに遺跡に入れるのか？」

「はい。問題ありませんよ」

「分かった。……遺跡の中に、入っちゃいけない場所とかはあったりするか？」

これが一番聞きたかった部分だ。

危険だから立入禁止になっているようなエリアがあれば、そこに境界がある可能性も高いからな。

そう考えていたのだが……。

「いえ、特にありませんよ。ただ、時期によっては臨時に設定される立ち入り禁止区域があったりするので、現地にいるギルド職員の指示には従ってくださいね」

どうやら立ち入り禁止区域があるとしても、ここでは教えてもらえないようだな。

俺達を警戒してのことかは分からないが……臨時の立ち入り禁止区域があると分かっただけでも収穫か。

ギルドが教えてくれなくても、冒険者などの間では知られているかもしれないし。

となると……現地の冒険者に聞くのが早いだろうか。

しかし、流石に敵国のど真ん中で聞き込み調査というのは……罠《わな》にかけてくれと言っているようなものだな。

せめて情報の真偽を判断できるように、ある程度は自分で遺跡内部の様子を調査してみるべきか。

そもそも本当にエトニアの遺跡が『傲慢の古代遺跡』で合っているのかも確認が必要だろうしな。

中の様子を把握しておけば、何を聞くべきかなども分かってくるだろうしな。

などと考えつつ俺は、ギルドを後にした。

第八章

それから少し後。

俺達《おれ》は遺跡の中に入り、周囲の様子を窺《うかが》っていた。

「遺跡に入るのに、許可証の確認はされないのね」

「ああ。……そもそも広すぎて、入り口の警戒などできないんだろう」

遺跡に入った俺達は、そう会話を交わす。

周囲を見る限り、遺跡には特に警備員などもおらず、自由に出たり入ったりできる感じだ。

今のところ、許可証がなくても問題ないような気がするが……もしかしたら見回りなどがいて、時々確認されているのかもしれないな。

そして……建物などの構成からして、ここは『傲慢《ごうまん》の古代遺跡』で間違いなさそうだ。

今のところ魔物は見当たらないが、町から一番近いエリアなので、魔物は冒険者たちによって狩りつくされてしまったのかもしれない。

「とりあえず、適当に見て回ろう」

「分かったわ。……町に入ったらなにかあるかと思ったけど、今のところ普通なのね」

「ああ。……もしかしたら、町中は捨てて『境界』を集中的に監視する作戦なのかもしれないな」

ここに来るまでの経緯からして、流石《さすが》に遺跡に来ること自体に気付いていないという可能性は低いだろう。

ただ、もしも相手が警戒を『境界』だけに集中させているのだとしたら、それはとても見つけやすいな。

というのも……『マジック・サーチ』を使えば、遺跡のどこに人間がいるのかは分かってしまうのだ。

つまり、その密集地帯を片っ端から調べていけば、いつか『境界』が見つかるというわけだ。

歩き回って目で確認するより、『マジック・サーチ』のほうがずっと効率はいい。

というわけで試しに『マジック・サーチ』を使ってみるが……。


「ちょっと、反応が多すぎるな……」


事前に聞いていた、新人冒険者の集まる名所という情報は間違いがないようだ。

冒険者と思《おぼ》しき魔力反応が、あちこちに散らばっている。

まあ、本当にこのあたりに『境界』があって、散らばっている魔力反応は全て敵だという可能性も、否定はできないのだが。

いずれにしろ、まずは見てみないことには話にならない。

俺達が一番近くの魔力反応に行くと……そこでは数人の若い冒険者たちが、魔物と戦っていた。


「よし、受け止めたぞ！　攻撃してくれ！」

「わ、分かった！　……えい！　えい！　……わわ、こっち向いた！」

「ちょ……何でそっち向くんだ！　俺はこっちだぞ！」

どうやら彼らは盾役が敵——猿の魔物——を受け止め、攻撃役が敵の背後から攻撃を仕掛けるという作戦を取ろうとしたようだ。

これ自体は、ＢＢＯでも割とよくある戦略だったな。

盾役がしっかりと敵を引きつけることができていれば、攻撃役は敵の背後から一方的に攻撃を仕掛けられるので、うまくいけばとても安定する戦略だ。

だが……この戦略は単純に見えて、意外と技術が要求される。

当然ながら魔物は、ただ身を守っているだけの盾役ではなく、実際に痛い攻撃を連発してくる攻撃役に反撃しようとする。

挑発スキルを使えばある程度は気を引くことができるのだが……挑発スキルのレベルによっては攻撃役が全力を出してしまうと、敵が盾役を無視して攻撃役を殴ってしまうのだ。

しかし、そのあたりをしっかり理解して攻撃のペースを調整するのは、意外と難しい。

盾役の技術や敵によって、許される攻撃のペースも変わってくるからな。

今は恐らく、攻撃を頑張りすぎてしまったのだろう。

幸いパーティー崩壊には至らず、彼等はまた盾役が攻撃を受け止めるような状態を作り直して、戦闘を続けていた。

「微笑《ほほえ》ましいわね……昔を思い出すわ」

ギャーギャー騒ぎながら魔物と戦う冒険者たちを見て、ミーリアがそう呟《つぶや》く。

ミーリアはソロ冒険者として有名だったはずだが……昔は違ったのだろうか。

「ミーリアにも、こういう時代があったのか？」

「いや……こういう冒険者たちを横目に見ながら、一人で戦ってたわ」

……悪いことを聞いてしまった気がする。

人の心の古傷をえぐってしまわないように、これからは気をつけるようにしよう。

今は表向き解消されたとはいえ、ミーリアが新人冒険者だった頃はまだ特殊職への差別が強かったはずなので、彼女にも色々あったのかもしれない。

「ちょっと、可哀想《かわいそう》なものを見る目はやめて……」

「……すまん」

などと話しながら、俺達は次々に人間の魔力反応の場所を探しては様子を窺っていく。

今のところ見つかった魔力反応は、全て冒険者のものだった。

動きに怪しいところもないし、恐らく帝国の回し者などではなく、本当に普通の冒険者だろう。

冒険者の多くは新人だが、何割かはベテランが混ざっているようだな。

ベテランはここで狩りをしているというよりも、新人たちに戦いを教えに来ているようだ。

遺跡の中で怒鳴り声が聞こえたら、それは危険な行動をした新人を叱《しか》りつけるベテランの声だと思って、ほぼ間違いはないと言っていいくらいだな。

などと考えながら『マジック・サーチ』を使ったところ……今までとは少し違った魔力反応が見つかった。

単独行動の人間だ。

基本的にこのあたりで戦う冒険者は全て、パーティーを組んでいる。

新人たちは集まって魔物を倒しに行くようだし、ベテランはその新人の付き添いだからな。

だが今回映った魔力反応は、周囲に誰《だれ》もいないように見える。

まあ、昔のミーリアのようなソロ冒険者の可能性も十分あるが、少し気になるのは確かだ。

もしかしたら敵かもしれないし、そういった冒険者がいるのかどうかに関しては、一応見ておきたい。

……もし敵だとしたら、逆に尾行することで何か摑《つか》めるかもしれないしな。

実は『マジック・サーチ』は、遠距離での尾行にも向いた魔法なのだ。

「単独行動している奴《やつ》がいる。帝国兵の見回りとかの可能性もあるが……様子を見に行ってみよう」

「危険じゃないの？」

「危険な存在だったらそれはそれで、情報の手がかりになる。そもそも俺達が探している『境界』こそ、一番の危険地帯だしな」

「……確かに、敵地のど真ん中に忍び込んでおいて今更、危険がどうとか気にしていても仕方がないわね」

俺達はそう言葉を交わして、単独行動の魔力反応の元へと向かって進み始めた。

◇

それから数分後。

俺達は最短ルートで魔力反応の元へと近付き、様子を窺っていた。

そこでは一人の冒険者が、魔物と戦っている。

どうやら魔力反応の源は帝国兵ではなく、冒険者だったようだが……今までに見た冒険者たちと比べると、だいぶ手慣れた雰囲気だ。

初心者たちの指導についていたベテラン冒険者と比べても、だいぶ格上に見える。


「パワースラッシュ。……よっ！」


男は襲ってきた狼《おおかみ》の魔物を一太刀《たち》で斬《き》り捨てると、次の魔物の攻撃をあっさりかわし、剣を首元に突き立てる。

使っているスキルこそ普通だが、使い方が上手だ。

戦いぶりも危なげがない……というか、そもそもこの男は、『傲慢の古代遺跡』の通常エリアで戦うような実力ではない気がする。

流石に奥地で安定して戦えるかというと微妙なところだが……立ち回り方次第では戦えなくもないかもしれない。

もしかすると、奥地が目当てで来た冒険者の可能性もあるな。

そう思わせて罠《わな》にかけるという、帝国の策略の可能性もなくはないが……まあ接触してみる価値はあるか。

罠かどうかなどは、話を聞いてみてから考えてもいいしな。

などと考えていると……男が急に振り向いた。


「誰だ」


俺達は物陰から様子を窺っていたのだが、どうやら気付かれてしまったようだ。

まあ、もともと話しかけるつもりだったので好都合だな。

「遺跡探索に来た冒険者よ。敵意はないわ」

「遺跡について、ちょっと聞きたいことがあってな」

俺はそう言って杖《つえ》をしまい、物陰から顔を出す。

杖をしまったのは敵意がないことのアピールだ。

まあ、やろうと思えばこの状態でも戦えるのだが。

「質問があるなら俺じゃなくて、ギルドとかに聞けばいいと思うんだが……」

男はそう言いながらも警戒をとかず、俺達の方に剣を向ける。

さっきの角度では見えなかったが、男の腕章には俺達と同じく、大きなバツ印が描かれている。

どうやら彼も特殊職——この国でいう『戦士系下位職』のようだ。

などと考えていると、男がまた口を開いた。

「そもそも、アドバイスが必要な実力には見えないな。お前達、こんな場所で戦うような実力じゃないだろう」

……戦っているところを見せていないのに、そこまで見抜かれるのか。

装備などから推測したのだろうか。

とりあえず、この質問に嘘《うそ》をつくのはすぐにバレそうだな。

「ああ。戦闘って意味では問題ないんだが、この遺跡に来るのが初めてだから、聞いておきたいことがあるんだ」

「なるほど。……それだけ強いのに、この遺跡に来るのが初めてというのは珍しいな。……どこから来たんだ？」

男はそう言って、俺達を眺め回す。

一応、俺達の服装などは帝国にいても不思議ではないようなもののはずなのだが……見抜かれないよな？

などと考えていると、男が口を開いた。

「もしかして、王国か？」

見抜かれた！

……まだそう決まったわけではない。たまたま当たっただけの可能性も十分ある。

それと、最初から俺達のことを知ってそう言ってきた可能性もある。

余計な事に気付いてしまった奴は消す……みたいな話も漫画などではよく見るが、まあいずれ気付かれることなので、別に消すこともないだろう。

別に気付いたからといって、敵だとも限らないしな。


「いや……なんでそう思ったんだ？」

「女の方の歩き方だな。武術の流派が違えば、歩き方も少しずつ違うものだ。……そこの女の歩き方からは、王国流の雰囲気を感じる」


俺は男の言葉を聞いて、ミーリアと顔を見合わせる。

歩き方なんて、見ても全く分からないのだが……武術の鍛錬を積むうちに、そのうち分かるものなのだろうか。

スキルと関係ない武術とかは、専門外なんだよな。

まあ、そのあたりは一旦《いったん》置いておこう。

気付いた理由に関して、彼が本当のことを言っているとも限らないしな。

「……もし王国から来たとしたら、どうするつもりだ？」

「素直に言わないあたりをみると、訳ありみたいだな……スパイか何かか？」

男はそう言って、下を向いて考え込む。

そして少し考えた後、男は顔を上げた。

「分かった、ここで見たこと、聞いたことは誰にも言わない。……俺に聞きたいことがあるなら、答えられることは何でも答えよう」

おっと。

なんだか急に、随分と都合のいいことを言い始めたぞ。

スパイかもしれないなどと言っておいて、この提案とは……彼は反逆者か何かだろうか。

「何が目的だ？」

俺がそう尋ねると、男は周囲を見回した。

どうやら、誰かに見られないかどうかを警戒している様子だな。

「誰もいないから安心していいぞ」

マジック・サーチを使った結果、あたりに他の人間がいないことは分かっている。

一番近い他の人間でも、1キロ先だ。まず声は聞こえない。

「目的というほどじゃないが……王国についての情報が欲しいんだ。お前たちが王国にいたのは最近のことか？」

「ああ。それなりに最近だな」

「王国では最近、下位職をまともに扱ってくれると聞く。俺が知りたいのは……その噂《うわさ》が本当かどうかだ」

なるほど。

どうやら男は、王国に行きたいようだな。

今まで俺達はほんの少しの間しか帝国に滞在していない。

だが、帝国の下位職冒険者がひどい扱いを受けているであろうことは、その短時間ですら簡単に予想がついた。


ゲオルギス枢機卿《すうききょう》を倒す前の王国だって、今の帝国に比べればずっとマシだ。

ランクは多少上がりにくかったかもしれないが、遺跡に入るだけで追加料金を取られたり、バツ印のついた腕章をつけたりする必要はなかったからな。

まあ、ノービスだけは扱いが違ったのだが、少なくとも普通の下位職はそれなりの扱いを受けていた。


もちろん、そういった差別も今は全て撤廃されたので、帝国とは天地の差だ。

帝国にいる特殊職の冒険者が王国を目指すのも、無理はないだろう。

「本当だ。そもそも今、王国では下位職なんて呼び名は使わずに『特殊職』って呼ぶけどな」

「噂は本当だったのか……」

王国の制度が変わった話は、帝国では噂程度にしか流れていないようだな。

まあ、別に特殊職が王国に流れてきているという話なども聞かないし、そもそも国交自体がほとんどないような気もするが。

「ところで……帝国では国境をまたいだ移動は厳しく制限されているはずだ。お前達はどうやってここに来た？　どうやれば王国に逃げられる？」

「俺達が来た方法は言えないが……別に帝国だって、国境線を全て警備しているわけじゃない。一般人が立ち入れないような山を抜けるルートなら、無理やり突破できるだろうさ」

「……だが、それでは王国の側で不法侵入者として捕まらないか？」

確かに、その可能性はあるか……？

王国が不法入国者をどう扱っているのかなんて話は、聞いたことがないな。

もし元いた国に送り返されたりすれば、ろくなことにはならないだろうし、確かにそこは重要な問題かもしれない。

まあ、冒険者には身分の明らかではない者もいるようだし、しれっとギルドで登録してしまえば何とかなる気もするが……実際にやったことはないので、あまり無責任なことは言えないが。

しかし……これは協力者を手に入れるチャンスかもしれない。

「もし王国に行けるとしたら、今すぐにでも行きたいのか？」

「もちろんだ。それこそ今日出発でも構わない」

なるほど。協力者としては最適だな。

俺に協力したのがバレれば、命はないかもしれないが……帝国から逃げるのであれば関係はない。

さすがに逃亡を手助けするほどの余裕はないが、協力はしてやれるか。

「分かった。俺の目的に協力してくれるのなら、王国国民としての身分を用意しよう」

「……そんなことができるのか？」

「できる。まあ、名前は変えてもらうことになるかもしれないけどな。……それと、入国した後での身分は何とかしてもらうが、入国まではサポートできない。自分で国境を突破して、王国にたどり着いてくれ」

別に国王の承認を受けたわけではないが……今回の任務への協力者だと言えば、恐らく偽の身分くらいは用意してくれるだろう。

メイギス伯爵領あたりで、領民として受け入れてもいいしな。

まあ、国王たちに何の話も通していないので、事後承諾になるかもしれないが……。

「お前たちが本当のことを言っている証拠が欲しいが……密入国しているあたりを見ると、王国での立場は明かせないんだよな？」

「ああ。信じるか信じないかはお前次第だ」

「分かった。……俺はワイヤード。お前たちに協力しよう」

よし。協力者ゲットだ。

もしこれで彼が実は帝国兵で、俺達を騙《だま》しに来たとかだったら笑い話だが……今回俺は、自分からはほとんど何の情報も話していない。

せいぜい王国内での特殊職の扱いに関する話程度だが、それは別に隠すような情報ではない……というか誰でも知っていることだしな。

「俺はルードだ。よろしく頼む」

「私はミリアよ」

彼のことはある程度信用しつつ、もし裏切られたとしても問題のないようにしておく必要があるだろう。

まあ、完全には信用できないとしても、現地にツテと経験のある協力者が手に入ったのは大きい。

「それで、まず最初に聞きたいんだが……この遺跡の中に、明らかに他とは敵の強さが違うエリアとかはあるか？」

「いや、聞いたことはないな。遺跡の奥深くに入っていけば、多少は敵も強くなるが……多少の違いというわけじゃないんだよな？」

「ああ。ワイヤードが1対1で戦っても、かなり苦戦するレベルの敵だな」

「そんな場所はないな。この遺跡の敵は、全部楽勝だ」

なるほど。

どうやら奥地……遺跡の奥の方という意味ではなく、境界の向こう側という意味での『奥地』は、知られていないみたいだな。

となると彼は、かなり実力に不釣り合いな場所で戦っていたことになるが……彼が国を出たがっているあたりを見る限り、特殊職はまともな依頼を受けるのも難しいのかもしれないな。

ともかく、今は境界に関する手がかりが欲しいところだ。

「じゃあ、立入禁止区域とかはあるか?」

「立ち入り禁止区域……っていうのは見たことがないが、国が冒険者に近付いて欲しくなさそうにしている場所ならあるな」

これは……いきなり当たりを引いてしまったかもしれない。

帝国が境界を守りたいとしたら、境界だけをピンポイントで守るというより、周辺ごと人が近付かないようにするというのは理にかなっているからな。

その方が、場所も特定されにくいし。

「それは、どのあたりだ?」

「遺跡の北西の……あー、地図とか持ってるか?」

俺が地図を差し出すと、男はその中にマルを書き込んだ。

遺跡のうち10分の1ほどを囲む、大雑把《おおざっぱ》なマルだ。

地図上ではそこまで大きく見えないが……遺跡自体がかなり広大なので、実際に探索するとなると時間のかかりそうな広さだな。

「このあたりだ。このあたりに入ると帝国兵だのギルド職員だのがやってきて、引き返せって言われる」

「理由は分かるか？」

「なんか強い魔物が出たから、襲われないように引き返せとかだな。どこまで本当かは怪しいもんだ」

確かに怪しいな。

まあ、魔物が強すぎて討伐依頼を出せないとか、放っておけば無害だから近付かないようにしている……という可能性もあるが。

「それと、このエリアには依頼がないんだ」

「依頼が？」

「ああ。遺跡での依頼にはエリアが指定されているものも多いんだが、このあたりでの依頼だけは見たことがない。……普通に依頼をやってたら行くこともない場所なんだが、あまりに依頼がなさすぎて逆に気になったんだよな」

依頼がないというのも、怪しいところだな。
確かに俺が帝国だったら、依頼に来た冒険者が偶然『境界』を見つけてしまうことがないように、依頼を出さないようにするだろう。
冒険者が立ち入る用事のない場所なら、情報が広まらないのも納得がいく。

「その場所、最後に行ったのはいつだ？」

「もう1年も前だな。今も依頼は出てないと思うが、立入禁止になってるかどうかまでは分からない」

「……他にそういう場所はないのか？」

「多分ないと思うぜ。少なくとも、依頼が全くないって場所はないはずだ」

……決まりだな。

ワイヤードが本当のことを言っているとすれば、そのエリアの中に『境界』はある。

問題は、最も警備の厳しいであろうこのエリアに、どんなタイミングで行くかだが……。

善は急げという言葉もある。今から行ってみるか。

敵に見つかる可能性は高いが……威力偵察というやつだ。

あとがき

はじめましての人ははじめまして。7巻や他シリーズからの方はこんにちは。進行諸島《しんこうしょとう》です。

今回もあとがきが短いので、早速シリーズ紹介からです。

本作品は、『異世界』に『転生』した主人公が、VRMMOで得た知識と経験で暴れ回るシリーズとなっております。

今までのどの巻でも、そしてこれからも、シリーズの軸はまったくブレません。主人公無双です。

それはもう圧倒的に、無双して暴れ回ります！

戦闘でも生産でも戦略でも、ところ構わずその経験と知識を発揮します！

徹頭徹尾、主人公無双です！

化け物じみた力を持つ主人公に対し、敵もあらゆる手を打ってくるのですが……もちろんこの8巻でも、主人公のエルドはそんな敵達の努力を、力と経験と知識で踏み潰していきます。

どう踏み潰すのかは……ぜひ本編でお確かめいただければと思います！


……というわけで、謝辞に入りたいと思います。

書き下ろしや改稿などについて、的確なアドバイスをくださった担当編集の方々。

素晴らしい挿絵を描いてくださった、柴乃櫂人《しばのかいと》さん。

漫画版を書いてくださっている、三十三十《さとうみと》さん。

それ以外の立場から、この本に関わってくださっている全ての方々。

そして、この本を手に取ってくださっている、読者の皆様。

この本を出すことができるのは、皆様のおかげです。ありがとうございます。

次巻も、さらに面白いものをお送りすべく鋭意製作中ですので、楽しみにお待ちください！

最後に宣伝を。

来月はアニメ化が決まっている私の他シリーズ『転生賢者の異世界ライフ』10巻が発売します！

また今月は、コミック版の他シリーズ『異世界転生で賢者になって冒険者生活　2巻』『暗殺スキルで異世界最強　2巻』が同時発売です！

興味を持って頂けた方は、ぜひよろしくお願いいたします。

それでは、また次巻か他シリーズで皆様とお会いできることを祈って。

進行諸島

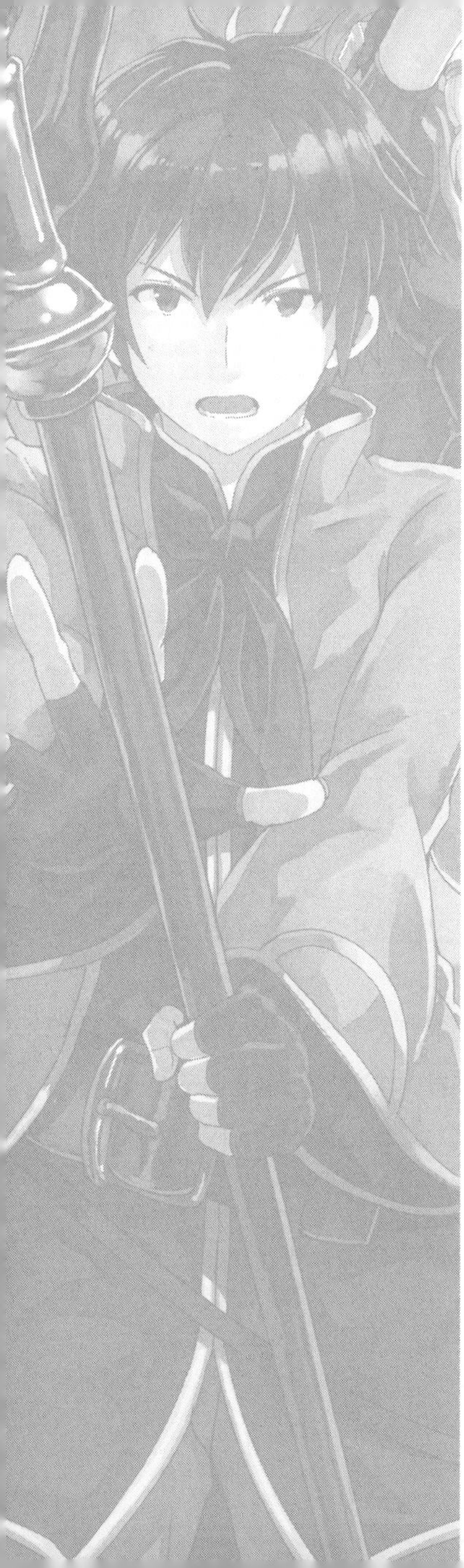

GAノベル

異世界賢者の転生無双8
～ゲームの知識で異世界最強～

2021年10月31日　初版第一刷発行

著者　進行諸島
発行人　小川 淳
発行所　SBクリエイティブ株式会社
〒106-0032　東京都港区六本木2-4-5
03-5549-1201　03-5549-1167（編集）

装丁　AFTERGLOW
印刷・製本　中央精版印刷株式会社

ISBN978-4-8156-1156-9
Printed in Japan

ファンレター、作品のご感想をお待ちしております。

〒106-0032　東京都港区六本木 2-4-5
SBクリエイティブ株式会社
GA文庫編集部 気付

「進行諸島先生」係
「柴乃櫂人先生」係

本書に関するご意見・ご感想は
下のQRコードよりお寄せください。
※アクセスの際に発生する通信費等はご負担ください。

https://ga.sbcr.jp/

試読版は
こちら!

試読版は
こちら!

試読版は
こちら!